LOCUS

LOCUS

LOCUS

LOCUS

to

fiction

to 093
河畔小城三部曲之一：剪掉辮子的女人
Postřižiny
作者：赫拉巴爾（Bohumil Hrabal）
譯者：林蒔慧
責任編輯：翁淑靜　封面設計：張士勇
內頁排版：洪素貞　校對：陳錦輝
法律顧問：董安丹律師、顧慕堯律師
出版者：大塊文化出版股份有限公司
台北市10550南京東路四段25號11樓
www.locuspublishing.com

讀者服務專線：0800-006689
TEL：(02)87123898 FAX：(02)87123897
郵撥帳號：18955675　戶名：大塊文化出版股份有限公司

總經銷：大和書報圖書股份有限公司
地址：新北市新莊區五工五路2號
TEL：(02) 89902588　FAX：(02) 22901658
初版一刷：2017年4月
定價：新台幣220元
Printed in Taiwan

Postřižiny

剪掉辮子的女人

赫拉巴爾（Bohumil Hrabal）著
林蒔慧 譯

包法利夫人就是我。

——福樓拜

【導讀】

「鑽石孔眼」裡的河畔回憶

◎林蒔慧

一九九七年二月三日，捷克文學家赫拉巴爾逝世於布拉格，那一年，正是我遠赴捷克念書的第二年。那時的我對於捷克語還懵懵懂懂，更別提去閱讀甚至欣賞他那些窮盡捷克語言特性的作品了。但是，我記得很清楚，在他逝世後的那段時間，我身邊的人們都是怎麼談論他的。

二〇〇七年至二〇〇八年間，因著個人因素，我斷斷續續在赫拉巴爾的第二個故鄉——寧布卡[1]住上一段時間。冬日鄉間，百般無聊，直到有一日在啤酒館與友人閒聊

1 捷克文原文為Nymburk。赫拉巴爾晚年在寧布卡城近郊的克爾斯（Kersko）的小木屋度過。

時，我才將赫拉巴爾和寧布卡連上了線，當時立馬拿出相機，一邊尋覓赫拉巴爾的蹤跡，一邊想方設法勾勒出曾經在他作品中出現的場景。

二〇一七年，我竟然完成了赫拉巴爾在一九七六年出版的《剪掉辮子的女人》（Postřižiny）中文譯本。還記得年前接到出版社的邀約，當時的我正在家庭與學校之間忙得焦頭爛額，根本心無餘力再接下這份工作。但是，當我一看到《剪掉辮子的女人》這個書名時，寧布卡小城的啤酒廠、廣場和河畔小徑頓時湧入腦海，與小說同名的改編電影女主角[2]挽著長髮豪邁狂飲啤酒的影像似乎也還矖在大銀幕上，青春的呼喚讓我無法拒絕這份邀約，雖然它早已離我遠去。

赫拉巴爾逝世二十年了，在這二十年間，我並沒有刻意地接近赫拉巴爾，但是，他卻似乎一直以某種姿態存在我的生命裡，從我踏入以捷克語所建構的世界開始，轉眼間，二十年的歲月年華。

《剪掉辮子的女人》是赫拉巴爾描寫他小時候居住在寧布卡小城的回憶錄之一，與另外兩本小說《甜甜的憂傷》（Krasosmutnění,1979）以及《時光靜止的小城》（Harlekýnovy milióny, 1981）合稱爲「河畔小城三部曲」（Trilogie Městečko u vody），「河畔小城」指的就是坐落於易北河畔的寧布卡。一九一九年，赫拉巴爾與繼父弗蘭欽、母親瑪麗以及年幼的弟弟從布爾諾搬遷至這座位在布拉格市東邊的小城，直到一九三九年，一家四口都居住在寧布卡啤酒廠的員工宿舍裡。一九二四年，十歲的赫拉巴爾第一次見到繼父口中叨念的佩平大伯；這位大伯爲赫拉巴爾帶來了啤酒廠外的花花世界，也成爲他往後諸多作品裡的重要靈魂人物之一。

「河畔小城三部曲」所描寫的就是他們一家人居住在寧布卡那段時日的生活日常：《剪掉辮子的女人》藉由母親瑪麗的口吻描述那段表面看似安定，卻實爲蠢蠢欲動的不安定年代。在小說的最後，母親剪去了她那頭如同瀑布般的金黃色長髮，似乎也就象徵著新時代的到來。《甜甜的憂傷》則改以年幼的赫拉巴爾爲主角，透過他那稚氣的「鑽石孔眼」[3]觀察身邊的家人以及生活的小城，刻劃出那位平日放蕩不羈的佩平大伯在現實生活下的無奈與妥協，以及生性嚴謹的繼父對家人的容忍與溫柔。在三部曲的最後一

2 該部小說於一九八〇年由捷克導演伊日依・門澤爾（Jiří Menzel）改編成同名電影。女主角瓦莎爾戈娃（Magda Vášáryová）為斯洛伐克著名女演員，後曾擔任斯國外交官以及國會議員。

3 該詞出現在赫拉巴爾於一九六四年完成的《中魔的人們》（Pábitelé）短篇小說集中。

本《時光靜止的小城》中，則是再回到母親瑪麗的視角，敘述繼父與母親在探望生病住在養老院的佩平大伯之後，毅然決然地用退休金買下養老院內的房屋，並搬進去與大伯同住，緩緩道出小城景物依舊便是這無常人生的最終安慰。

赫拉巴爾在這三部曲中都一再提及那個時代的產物——無線收音機：《剪掉辮子的女人》描述全城的人們如何滿懷期待地排隊前往展示收音機的飯店大廳，以及母親瑪麗從縮短時空距離的收音機所得到的啓發，進而突發奇想地剪短裙子和頭髮。在《甜甜的憂傷》中，繼父細心地聆聽收音機裡的新聞，好決定手邊接下來要進行的日常瑣事。貫穿《時光靜止的小城》全文的則是不時在養老院出現的收音機樂聲〈哈樂根的數百萬〉[4]，而這首曲名其實也就是這本書名的原文直譯。赫拉巴爾總是那麼擅於描述人事物的樣貌氛圍，一部收音機便不著痕跡地將讀者帶進他的文本世界裡，利用捷克語的特性，一個子句挨著一個子句地把圖像畫面一步步拉近到讀者面前，彷彿連那收音機所發出來的沙沙聲都可以聽得一清二楚。

除了擅於描述以及充分利用捷克語的特性之外，口語和對話更是赫拉巴爾作品的中心思想。赫拉巴爾曾經這麼說過，人與人之間的對話即是展現生命的一種方式，通過了對話，也就經歷了一段段不同的人生。閱讀赫拉巴爾的作品，就好像與作者一起進入各種人物的對話中，透過口語的力量，觀察人們心靈深處的顆顆珍珠，進而尋求那份對生命的溫柔盼望。這或許就是赫拉巴爾作品的魔力。

如果你想認識生活在捷克的那群人，或是應該說，如果你想認識生活在現實世界裡的那群中魔的人們，那你應該和我一樣，閱讀赫拉巴爾。

4 為查理・卓別林（Charlie Chaplin）於一九二八年編劇並執導的電影《馬戲團》（The Circus）配樂。

1

我喜愛晚上七點前的那幾分鐘，拿著抹布以及皺巴巴的《國家政治報》擦拭玻璃燈筒，用火柴摩擦燒焦的黑色燈芯，再把黃銅製的燈蓋放回去。接著，七點整，當啤酒廠的機器停止運轉，當發送電流至各處的發電機停止運轉，那美好的時刻來到。當發電機開始降低轉速，電力隨著減弱，各處因電流而發光的燈泡，其燈光也隨之減弱，從白熾的燈光慢慢變成粉紅色，然後從粉紅色變成灰色。透過黑綢絲與玻璃紗，燈泡的鎢絲投射在天花板的影子如同患佝僂病的紅色手指頭，也像紅色的高音譜記號。接著，我點燃燈芯，放上燈筒，轉動齒輪，拉長有金黃色小火舌的燈芯，蓋上用瓷玫瑰裝飾的乳白色燈罩。我喜愛晚上七點前的那幾分鐘，我喜愛在那幾分鐘向上仰望從燈泡裡散發出來的燈光，那燈光像是從公雞被割斷的喉嚨所流出來的鮮血，我喜愛注視著電流逐漸減弱的信號。我害怕市區的電線連接到啤酒廠的時刻來到，到時啤酒廠所有的燈，所有在馬廄的風燈，附有圓形鏡的燈，所有圓燈芯的球根形燈，將有一天不再被點燃，再也沒有人爲了它們的亮光駐留，因爲這整個儀式將會被電燈開關所取代，如同水龍頭已經取代了美麗的打水幫浦。我喜愛我那些正在燃燒發光的燈，我在它們的燈光下取出盤子和餐具擺在桌上，打開報紙或書籍。我喜愛放置在桌布上那被燈光照亮的手，人們在照料用餐的手，似乎能夠從他們手上皺紋的紋路讀出這隻手的主人的性格。我喜愛可攜式的煤油燈，我晚上可以提著它們出去迎接訪客，照亮他們的臉龐並幫他們照亮前方的路。我喜愛在那些燈的燈光下編織窗簾然後熟睡入夢。用力吐氣吹熄那些燈會帶來刺鼻的味道，而帶著懊惱的味道湧入黑暗的房間。當電力連接到啤酒廠時，我也許會找到力量，至少讓我每週能有一個晚上點燃煤油燈，聆聽黃色燈光富有旋律的嘶嘶聲，那燈光投射深影並使人小心翼翼進入夢鄉。

弗蘭欽點燃了辦公室那兩盞有圓燈芯的球根形燈，那兩盞燈不間斷地嗶剝響，好像兩位吱喳交談的管理員。燈被放置在大桌子的桌沿，散發出如同火爐般的溫暖，貪婪地吸吮著煤油。這些球根形燈的綠色燈罩幾乎是沿著尺緣斷開光線和影子，所以當我從辦公室的窗戶往裡頭看時，弗蘭欽總好像被斷成一個浸泡在明礬裡、發亮的弗蘭欽和一個被幽暗呑沒的弗蘭欽。煤油燈中央的黃銅裝置裡有齒輪用來調整燈芯的高度，而黃銅裝置裡的強大氣流剛好可以提供足夠的氧氣給弗蘭欽的燈，並會吸走四周的氧氣形成眞空狀態。所以每當弗蘭欽將香菸放置在燈附近，那黃銅裝置的氣流口立即吸走整團煤油燈的藍煙以及香菸的煙，好像是被吸進那球根形燈的魔法陣裡，無情地被吸入玻璃圓筒的上方，被火苗吞噬。那火苗在蓋子上閃耀著綠色的亮光，好像從一個腐爛的樹樁所發出的亮光，輕如一縷的亮光，如同先知聖以利亞的火，好像聖靈以紫色火苗的樣式從天而降，在圓燈芯厚重的黃色燈光裡徘徊。而弗蘭欽在這些燈的燈光下紀錄著啤酒廠的產量、收入和支出，編寫每週和每月的報告，好趕在每年終了時算出整年度的結餘。這些紀錄本的每一頁紙張閃閃發亮，就像筆挺的襯衫前襟。當弗蘭欽翻頁時，那兩盞球根形燈冒著熄火的危險，照耀著他每個動作。那兩盞燈像發牢騷般，如同兩隻從睡夢中被吵醒的大鳥，交互扭動著長長的脖子，其光影投射在天花板上，像是史前時代的野獸不斷上下的影子遊戲。我總是在天花板那一半的影子裡看到正在拍打的大象耳朵，或正在呼氣的肋骨骨架。兩隻大飛蛾刺穿光柱，從玻璃燈筒直接往上飛向天花板。每盞燈在天花板上都有個炫目的小圓鏡，一枚明亮耀眼的銀幣——雖然幾乎難以察覺，那銀幣仍持續移動著並透露出每盞燈的情緒。弗蘭欽翻頁再一次寫下店家的姓和名。他拿著三號鋼筆，彷彿準備書寫古老的彌撒書和神聖的文件。弗蘭欽會在每個字的首字母上刻劃花飾或有力的波浪線條。當我坐在辦公室裡，在朦朧中注視著弗蘭欽的雙手在做這些事時，那些燈好像在他的手上塗抹了石灰粉。我總覺得弗蘭欽是從我的頭髮得到靈感，按照我頭髮的模樣去刻劃那些首字母。他總是看一眼我那閃閃發光的頭髮。我在鏡子裡看到的是每當晚上無論我在哪裡，那裡總是因爲我的頭髮多了一盞燈的亮度。弗蘭欽先以鋼筆寫下首字母，然後拿更精細的筆憑著感覺輪流沾上綠色、藍色和紅色墨汁，接著在字母周圍開始刻畫我頭髮的波浪，就好像粉紅色的灌木繞著亭子在生長那樣，弗蘭欽就這樣按照我頭髮的厚密羅網和有力的分支線條來裝飾店家名字的首字母。

當他下班之後疲累地從辦公室回來，站在門框陰影處，白色的袖口透露出他在一整天工作後是多麼疲憊。他的袖口幾乎碰觸到他的膝蓋，一整天下來有那麼多的擔憂和苦難加在弗蘭欽的背上，以至於他總是因此矮了十公分，或者更多。當我知道他最大的擔憂是我之後，從他第一次看到我的那一刻開始，我就是他背上的無形重擔，但又像背包那麼具體，一天比一天沉重。從此之後，我們每晚站在點亮的升降吊燈下，其綠色的陰影大到可以覆蓋我們倆。這是一座像把傘的吊燈，我們站在燈下，站在從煤油燈傾流而下、嘶嘶作響的亮光裡，我用一隻手抱住弗蘭欽，另一隻手撫摸他的後腦勺，他雙眼閉著深呼吸。當他平靜下來時，他摟住我的腰，看起來好像我們要開始跳舞。但實際上不只這樣。那是一種洗禮，弗蘭欽在我耳邊低聲敘述所有當天發生的事，而我撫摸著他，手的每個動作都抹平了他的皺紋，接著他撫摸我散開的頭髮。當我們將吊燈再拉低一點時，那些密集掛在吊燈上、裝飾著珠子的彩色玻璃管，就好像土耳其舞孃腰間金光閃爍的裝飾品，在我們耳邊叮噹響。有時候我覺得這座大升降燈是一頂恰好卡在我倆耳邊的玻璃帽，懸掛其上的玻璃管彷彿被暴雨修剪過的冰柱……我將弗蘭欽臉上的最後一道皺紋拂至他的髮際與耳後，他張開雙眼站直身子，袖口回到它原來的位置。他狐疑地注視著我，而當我笑著點點頭，他也笑了，然後垂下眼坐在桌旁，鼓起勇氣直直地看著我，我也回望他。我的眼睛如同虎紋蟒注視著膽怯的麻雀般蠱惑著他，這讓我意識到自己擁有比他還要大的力量。

今晚從黑暗的院子裡先是傳來馬匹的嘶叫聲，然後響起隆隆的馬蹄聲。鎖鏈嘎嘎作響而皮帶釦叮鈴叮鈴地響著，弗蘭欽站直身子聽著，我拿起燈走到走廊上並打開門，啤酒廠的馬夫在黑漆漆的外頭喊叫：「嘿，埃德，卡雷，嘿喝！」但是沒用，那兩匹胸前掛著燈的比利時馬在馬廄外盛怒著，因爲牠們回家後已經很累了，厭倦了拉馬車，厭倦一整天戴著有繡花的馬軛，和那些銜接兩具馬軛的支架，厭倦戴著整副裝備運送啤酒。每個人都以爲這些被閹割的種馬除了糧草、一桶酒糟和一罐燕麥以外什麼都不會想。一年四次，當這兩匹馬兒突然想起自己還是種馬的那段歲月，想起牠們還未完全被馴服的年輕基因時，於是腎上腺素分泌，起而反抗，做了一些抗議的舉動。牠們從漆黑的夜色裡給了自己某種訊息，回到馬廄後，牠們開始發狂、浮躁。這是人們說的，他們說這些曾經是種馬的馬兒開始發狂。但牠們不是發狂，即使是動物也不會忘記，一直到最後一刻也是有可能走向自由之路……牠們現在飛奔過啤酒廠的專賣酒店，馬蹄在水泥路面上拍打出火花，而胸前的燈瘋狂地盪來盪去，照亮揚起的皮帶釦和鬆掉的韁繩，我探身出去，那對比利時馬在煤油燈柔和的燈光中飛過，強壯巨大的埃德與卡雷加起來重達二千五百公斤，而牠們正在飛奔，且不斷面臨跌倒的威脅。一匹馬跌倒意味著另一匹馬也會跌倒，因為牠們被繩結、皮帶扣與韁繩綁在一起，然而，牠們在持續的飛奔中似乎產生了對彼此的瞭解，牠們一起狂奔，同時輪流主導……而悲慘的馬夫帶著鞭子在牠們後方跑著，擔心如果其中一匹馬摔斷了腳，啤酒廠的管理委員會可能會卸除他的職務好幾年……如果損失了這兩匹馬也許意味著他整個人生都要賠上……「嘿，埃德，卡雷，嘿喝！」但是這兩匹馬已經迎著充滿啤酒味的氣流飛奔而去，馬蹄現在踏入沿著煙囪和後院鋪設的泥巴路中，因而放慢了速度。接著再度來到馬棚旁用鵝卵石鋪設的路上，牠們加快速度，跑到被四周的煤油燈照亮的水泥走廊上。每個皮帶扣、每個鎖鏈、每個馬蹄在走廊上都被拖著走，火光閃耀。這兩匹比利時馬繼續跑著，不僅是跑步而已，而是不間斷的消耗，牠們從鼻孔裡嘶嘶呼氣，睜大懼怕的雙眼，在轉彎處滑倒，如同荒謬喜劇中的一幕。但是牠們倆用後蹄繼續走，後蹄劃出小火花，使得馬夫更加害怕。弗蘭欽向門外奔去，而我倚著門框站著並祈禱那些馬沒事。我很清楚牠們的狀況和我一樣。埃德與卡雷再度並肩一起迎著充滿啤酒味的風小跑步，牠們的馬蹄在後院的泥巴路上變得安靜。牠們再一次意識到某種訊息，接著展開第三次飛奔，馬夫往上跳，因爲其中一匹馬的馬轡鬆開了，馬胸前的燈沿著弧線飛出去並砸到洗衣間，那啪的一聲給了比利時馬新的力量。牠們先是輪流嘶叫，然後同時嘶叫，然後在水泥走廊上跑開……我注視著弗蘭欽，我好像變成了那對比利時馬，是我那一個月發瘋一次的叛逆個性讓我變成那對馬兒。我也是一年四次因渴望自由而受苦。我，當然從未被閹割過，反而很健康，有時候還太健康了……弗蘭欽望著我，看著那發狂的比利時團隊，看著那飄動的發亮鬃毛，以及在深棕色身軀後用力拉扯氣流的尾巴。那就是我，不是我這個人，而是我的性格，那個我在黑夜裡飛揚發狂的金黃色髮束，我那飄動不受約束的頭髮……他把我推開，弗蘭欽現在舉起手臂站在從走廊湧進的光裡，接著張開雙手往馬的方向跨出並喊著「伊嘟嘟嘟嘟！喝！」，而那被閹割的比利時馬停下腳步，馬蹄下方噴出火花，弗蘭欽一躍而上抓起其中一匹馬的馬轡，拉緊它，直到那匹馬吐出唾沫。馬的動作變得安靜了，皮帶扣、韁繩以及馬具掉落在地，馬夫往前跑去抓住另一匹馬的馬轡……「經理先生……」馬夫急促含糊不清地說。「用稻草擦拭牠們，帶牠們走過院子……這對馬價值四萬，您聽懂了嗎，馬爾蒂先生？」弗蘭欽說道。當他像一位在奧匈帝國時期服過役的輕騎兵那般雄赳赳地走進家門，假使我沒有立即跳開，他應該會把我撞倒，或許也會直接跨過我……在黑暗中迴盪著鞭子的鞭打聲以及比利時馬痛苦的馬嘶聲。咒罵聲和反覆的鞭打撞擊聲，在比利時馬的腿四周環繞並鞭打到皮膚上。

2

但是，也可以用養在啤酒廠的四隻小豬來描繪我的樣貌——用酒糟、馬鈴薯，以及甜菜餵大的豬。當夏天甜菜成熟時，我會去採甜菜的葉片，切碎後，再將酵母液和老啤酒倒在上面，餵食每天睡二十個小時的豬，牠們一天可長胖一公斤。我的那些豬一聽到我離開準備要去擠山羊奶時，牠們習慣立即高興地大聲鼓譟，因為不知道我正準備賣掉牠們其中兩隻去做火腿，並殺掉另外兩隻在家做香腸。當我在擠山羊奶時，小豬們會高興地吼叫，因為牠們知道我擠出來的所有羊奶都會倒給牠們喝。齊茨瓦雷克先生只是看了看小豬們，就立刻可以說出這些小豬有多重，而且他總是對的。接著他就徒手抓住兩隻小豬，把牠們扔到屠夫馬車的竹籃裡，將網子蓋在牠們身上。然後說：「那些小東西就像我第一次把我老婆當作少女般親吻時般抵抗我！」

我向我的小豬們做最後的道別：「拜拜，我的小豬啊，你們將會帶來美味的火腿啊！」

但是，我知道小豬們並不想要這種美名。我們每個人都會面臨死亡，而大自然是那麼仁慈，別無他法。所有活著的隨時都有可能死亡，而這令人膽怯。人們和牲畜都會如同保險絲燒斷一樣，沒有感覺，沒有疼痛，那個膽怯燒盡了燈泡的燈芯，生命就只是一道閃光，對恐懼一無所知。我對於挑選屠夫這件事總是沒有好運氣，第一位讓我在白血腸裡加太多薑，最後只好改做成糕點。第二位則是一大早就開始喝酒，所以當他舉起木棍準備要擊昏小豬時，他打斷了自己的腿。當時我拿著準備好的刀子就站在現場，氣得差點割斷那屠夫的喉嚨，然後我還必須駕馬車送他去醫院，再找替代的人。第三位屠夫則是帶來自己的發明，他用焊槍燒毛來取代用熱水燙的方式除毛，我應該把屠夫而不是把湯沖進馬桶裡的，因爲結果還是有毛存留在皮上，而且主要是豬會因爲汽油而發臭，因此我們最後必須將湯倒進排水溝裡，因爲連豬都不會想吃那剩下的東西。

米茨利克先生是唯一符合我品味的屠夫。他會要求一些大理石海綿蛋糕和一杯白咖啡，點一杯萊姆酒，只有一次要求過大汽鍋裡的香腸。他也是一位會把自己帶來的所有工具都用布包裹起來的屠夫。自己帶來三條圍裙，一條是屠宰、燙毛以及取出內臟時穿的，第二條是當他把所有內臟倒到砧板時穿的，第三條圍裙則是在幾乎所有都弄得差不多的時候穿的。米茨利克先生還教我要多準備一口空的大汽鍋，而那口大汽鍋只能用來煮白血腸、黑血腸、肉凍、內臟和煉豬油。因爲在鍋子裡煮什麼東西，那個東西就會滲進鍋子本身，而這殺豬儀式，親愛的女士，和神父舉行彌撒是一樣的，因爲都是關乎血和肉。

當我們在烤要塡塞進白血腸和黑血腸的小圓餅時，我們同時拿出桶子，一直到晚上都在煮著燕麥之類的穀物，並且在盤子上準備了足夠的鹽巴、胡椒、薑、墨角蘭和百里香。小豬從中午就沒有再被餵食，牠們開始猜測屠夫圍裙的氣味，連其他的家畜也變得憂傷安靜了。牠們已經提前在發抖。如同白楊樹樹葉那般，當其他的樹都還很平靜，而且暴風雨還遠在喀爾巴阡山或是阿爾卑斯山時，那白楊樹已經在搖動顫抖，就像明天將要被我殺掉的小豬。

我總是那個把豬帶出豬圈的人。我不喜歡他們用繩子綁住小豬的嘴巴，爲什麼要讓牠們承受這種痛苦？當我背叛小豬們把牠們從豬圈帶出來給屠夫時，先是會刮傷豬的脖間垂肉，然後是豬額頭，接著是豬背。米茨利克先生會從背後拿出帶來他的斧頭，並用巨大的力量敲擊小豬，爲了保險起見，他還會往已經被劈開的豬頭骨再敲擊兩三下。我將刀子遞給米茨利克先生，然後他跪下來把刀刺進豬喉嚨下方，再用刀尖尋找動脈一會兒，接著鮮血就湧出來了，我趕緊拿鍋子在下頭接著，不夠裝就再拿一口大鍋子來。當我在更換容器時，米茨利克先生總是彬彬有禮地用手掌控制住湧出來的鮮血，然後再放手讓它流。現在我必須用攪拌器攪動這些鮮血，以免凝結，接著連另一隻手也一起加入攪拌，同時使用兩隻手拍打著還冒著熱氣的美麗鮮血。米茨利克先生和他的助手馬夫馬爾蒂先生將小豬滾進桶子裡，然後將水壺裡倒出來的熱水澆在小豬身上。而我必須捲起袖子，用叉開的手指頭撥動變涼的鮮血，再將凝結的血塊丟向母雞。我的雙手直到手肘處都浸泡在變涼的鮮血裡，手痠了時，就甩一甩，好像是在和小豬做最後一搏。當我取出最後一個血塊，鮮血也靜止了、變涼了時，我的手從鍋子裡抽離，同時被川燙除毛過的小豬緩緩地在開放式棚子的橫梁上升起。

被割斷的豬頭，還帶著脖間垂肉，被放置在砧板上時，我正拿兩副肩膀肉過來。我將頭髮塞進頭巾裡，跑過院子，以免錯過任何一刻，因爲米茨利克先生現在正要把腸子拉出來，並要他的助手去翻動、清洗。他憑藉著記憶翻遍豬的各部位內臟並切除，如同瞎眼的哈努什[5]進入天文鐘那般熟練，先是脾臟、肝和胃，最後是肺和心臟。我準備好水壺，倒出所有那些美好的內臟——彷彿溼答答的顏色和形狀交織成交響樂章。除了亮紅色的豬肺，沒有別的東西可以讓我那麼興奮，美麗的空氣泡泡像是生苔的橡皮；沒有其他顏色可以像豬肝的深棕色那麼熱情地裝飾著翡翠般的膽囊，如同暴風雨前的雲朵，如同溫柔的綿羊。同時隨著內臟跑出來的是一塊塊的豬油，燭油一般的金黃色，如同蜜蠟。就連氣管也是由藍色和亮紅色軟骨環所組成，好像色彩繽紛的吸塵器管子。當我們將這美好的一切都翻倒在砧板上，米茨利克先生拿起刀子，磨一磨，然後將那塊還溫熱的肉切片，接著是那塊肝，那整個腎臟以及一半的脾臟，而我準備好一口大鍋子，把煎好的洋蔥和那些豬肉塊一起丟進烤箱，並小心地撒上鹽巴和胡椒，在中午前便可煮好殺豬後的燉肉。

我拿篩子過濾水煮過的內臟、豬肩和被砍一半的豬頭，在砧板上一塊一塊地翻動這些肉，米茨利克先生把骨頭挑出來。當豬肉涼了些，我拿了一塊肥肉和一片臉頰肉，不配著麵包吃，而是配著豬耳朵嚼著吃。弗蘭欽走進廚房，他從來都不吃，他什麼都吃不

5 相傳哈努什是製造布拉格老城廣場天文鐘的機械師傅。在布拉格天文鐘完成之後，當政者擔心哈努什會在其他地方建立類似的天文鐘，為了保持布拉格天文鐘的獨一無二，哈努什的雙眼被弄瞎了。哈努什為了報復，帶著徒弟進入天文鐘內，憑藉著記憶破壞了天文鐘。直至一個世紀後，布拉格天文鐘才被後人修復，恢復運轉。

下，於是只站著啃乾麵包配咖啡，同時盯著我看，替我感到不好意思。但是我很享受地吃著，並且直接從一公升裝的瓶子裡喝著啤酒。米茨利克先生笑了，禮貌性地拿了塊肉，接著想了一下，喝了口白咖啡，改變主意配著他的大理石海綿蛋糕。接著他拿起剁刀，捲起袖子，因著他強大的力氣，那些肉塊開始喪失了原本的形狀和功能，半月形的刀刃使得那些肉慢慢變成香腸肉泥。米茨利克先生向我伸手，我把燙過的香料放在他手掌上。米茨利克先生是唯一先把香料用熱水燙過的屠夫，因爲，如同他說過的，而我也非常能理解，這可以使香氣更加揮發且精緻。接著他再添加浸泡過的小圓餅，再一次用他有力的手掌和手指將全部食材混合攪拌。然後他拿了些兩個手掌上的肉泥，挖一下，嘗一下，再凝視著天花板，那一刻的他俊美得好像是一位詩人，他歡愉地看著天花板，嘴裡重複說著：胡椒、鹽巴、薑、百里香、小圓餅，大蒜。當他說完那屠夫祈禱文，他挖了一口肉泥給我，我用手指取來，接著放到嘴巴裡品嘗，我也同樣地凝視著天花板，雙眼充滿著對豬肉的難以抗拒，那些所有的香味如同孔雀開屏般在我的舌頭上綻放，接著我點點頭，好像母親大人認同了整個味道，一點也不反對可以開始製作白血腸了。米茨利克先生拿起修剪過、且另一端用小木籤固定住的血腸皮，用右手的兩根手指撐開個孔，另一隻手就進行填塞，一條美好的白血腸就在他拳頭底下長大成形了，我把它拿起來並用一枚小木籤拴緊，我們就這樣工作著，肉泥越來越少，一節節腸衣裡的白血腸也等同比例地增加。

「馬爾蒂先生，您又去哪裡了？」米茨利克先生每過一會兒就這麼喊著，而馬夫馬爾蒂先生每一次，也許應該說在他整個人生裡，他總是會無時無刻暫停一下。無論是在豬棚、在馬房、在馬車後方或在走廊上，他總是會拿出一面小圓鏡，然後看著鏡子注視著自己，他是那麼喜歡自己，以至於他總是對於在那小圓鏡上所看到的倒影感到欣喜，他可以一整個小時待在馬房裡，忘記回家，因爲他在用鑷子拔鼻毛、拔眉毛，他甚至不只染髮，還會爲自己的眼睫毛上色，並在臉上撲粉。我告訴自己，下一次殺豬時弗蘭欽必須從啤酒廠派另一位助手給我。「馬爾蒂先生，天啊，您到底到哪裡去了？趕緊切這裡的內臟肥肉，我們要來做用燕麥和麵包塊塡塞的黑血腸了，您到底去了哪裡？」

米茨利克先生正在塡塞燕麥黑血腸，現在他已經喝完第二杯萊姆酒，突然間他往血糊糊的肉泥挖了一口，用手指將血汙塗抹在我臉上。然後他開始安靜地笑，他的眼睛像戒指般閃閃發光。我往血糊糊的大鍋子也挖了一口，而當我想要塗抹屠夫的臉時，他急忙閃避，我跌倒且將手掌貼到白色的牆壁上，在我弄髒牆壁之前，米茨利克先生又抹了我一次，同時他還繼續塡塞黑血腸。我又挖了一口血，然後跑走。米茨利克先生躲開好幾次，模樣好像在跳薩瓦舞，然後我把血塗抹在他臉上，他繼續填塞燕麥黑血腸並且大笑。我盯著健朗開心大笑的屠夫，這不僅只是笑而已，而是那種可追溯至異教徒時期，人們相信血和唾液的力量時的那種笑容。我無法制止自己不拿些沾有燕麥的血，再一次去塗抹米茨利克先生的臉，而他再一次躲開，我和他擦身而過，他大聲吃吃地笑著，然後又抹了我一次，同時還繼續填塞黑血腸。馬夫馬爾蒂先生從啤酒廠的裝瓶室帶來一箱啤酒，當他小心翼翼地彎下腰時，我用沾滿血糊糊肉泥的手掌塗抹他的臉，接著馬爾蒂先生從口袋拿出小圓鏡，端詳自己，好像比其他時候還更喜愛自己。他健朗地笑了，並且用三根手指頭拿了些紅色肉泥。我跑去房間，馬爾蒂先生跟在我後頭跑，我尖叫著，一點也沒有意識到啤酒廠委員會正在這面牆的後頭開會，還可清楚地聽到椅子的摩擦聲和喊叫聲。但是，馬爾蒂先生用血弄髒了我還笑了起來，那血似乎把我們之間的距離拉近了些。我笑著在沙發上坐下來，把自己的手舉在面前，好像木偶一般，以免弄髒了椅套。馬爾蒂先生也像我一樣舉起弄髒的手，但是他整個身體的其他部位正慢慢地笑開、抖動，他的喉嚨一下子爆開，因爲大笑而無法呼吸，接著馬上大聲歡呼，然後又咳嗽輕笑。接著米茨利克先生滿手肉泥地往馬爾蒂先生的臉跑過來，穀物在手掌上像珍珠般閃閃發光。而馬爾蒂先生不笑了，突然變嚴肅了，好像他準備要打架一樣，但他只是拿出袖珍小圓鏡，往它看了看，好像看到從未見過的俊美，他敞開喉嚨狂笑，而米茨利克先生在大笑的間隔中小聲地笑，這和他黑色小鬍子下的牙齒很搭。我們就這麼吼叫、笑著，不知道爲何只要彼此看一眼就爆笑，笑到肚子疼。現在門打開了。弗蘭欽穿著長禮服跑進來，把甘藍菜葉形狀的領結壓在胸前，當他看到沾滿血的臉龐和那可怕的笑容時，他緊握雙手。但是我克制不住自己，用三根手指頭取了血糊糊的肉泥抹在弗蘭欽的臉上，想要違反他的意志使他和我們一起大笑，但是他卻如同往常般驚嚇得跑回會議室，兩位管理委員會委員當場崩潰，因爲他們以爲啤酒廠發生了什麼犯罪事件。主席格倫托拉德醫生從廚房後門跑進來，四處瞧瞧。當他看到沾滿血的臉上的大笑容後，他吐了一口氣，坐了下來，我就順道把沾著肉泥的手往醫生臉上抹出一道紅色的條紋。我們所有人只沉默了一會兒，用笑到流眼淚的眼睛盯著格倫托拉德醫生，他站起來握緊拳頭並往前伸出他那像牛頭犬的下顎……突然，他笑了，是血的力量，是某種神聖的東西，否則這不會發生的，所以在太古時代就會把豬血排出用來塗抹。醫生先生往肉泥挖了一口接著跑開，我笑著跑進房間，醫生和我擦身而過，一不小心跌倒，整隻手碰到鋪好的床上。他跑進廚房挖了一個拳頭那麼大的肉泥再回來，我繞著桌子跑，白色的桌巾印滿了我手掌的血印。格倫托拉德醫生每隔一會兒就用血弄髒那桌巾，他攔截我，我尖叫地跑進連接我們公寓和會議室的走廊。會議室裡燈火通明，我跑進了有金黃色吊燈，以及在它下方蓋著綠色桌巾的長桌的會議室。長桌上放著打開的檔案和報告。主席格倫托拉德先生跟在我背後也跑進來，所有管理委員會的委員都以爲主席先生想要殺我，甚至已經嘗試要殺我了。弗蘭欽坐在椅子上用沾著血的手摸摸額頭，主席先生繞著桌子追趕我好幾回，我尖叫著，然後我們倆都出汗了。當我的腳滑了一下跌倒，格倫托拉德醫生，也就是市立啤酒廠有限公司的主席，將滿手的肉泥塗抹在我臉上。接著，他坐下來，他的袖口也垂下來了，他開始笑，像我一樣地笑，我們一起笑，但是這個笑聲卻讓管理委員會的成員們更加驚嚇，因爲他們所有人都以爲我們瘋了。

「先生們，希望不會冒犯到您們，我想邀請您們參加我們的殺豬儀式。」我說。

格倫托拉德醫生說：

「經理先生，請吩咐下去，從發酵室拿來十箱瓶裝啤酒。什麼十箱，應該是二十箱！」

「請過來，先生們，但是您們必須用湯匙吃今天剛殺的豬所煮成的燉肉，溢滿到湯盤邊緣的燉肉！過一會兒還有加山葵的白血腸，以及用燕麥和麵包塊製成的黑血腸。先生們，請往這邊走，」我揮動著沾滿血的手邀請客人們往後方的入口去。

然後，夜深了，管理委員會成員們紛紛駕馬車回家。我手裡拿盞燈送每個人離開，馬車來到家裡的大門前，擋泥板那閃閃發光的馬車燈照亮了朦朧中發亮的馬屁股。委員會的每位成員緊握弗蘭欽的手，拍拍他的肩膀。那個夜晚我獨自睡在臥室，涼涼的空氣從打開的窗戶吹進來，搭在兩張椅子間的木板上鋪著黑麥稈，擺放著閃閃發亮的白血腸和黑血腸，緊鄰床的長木板上放著變涼的各部位：骨頭和分配好的火腿，肉排以及烤豬肉，豬肩、豬膝和豬腳……都按照米茨利克先生的建議排放好。當我從床上起身時，我聽到睡在廚房裡的弗蘭欽起床，倒杯微溫的咖啡，配著乾麵包吃。那眞是美好的盛宴，委員會每位成員都盡情地吃，只有弗蘭欽站在廚房喝著溫咖啡配著乾麵包。我躺在棉被裡，在我睡著之前，我伸長手臂碰觸到豬肩，接著我感覺到烤豬肉，手指還放在里肌肉上睡著。然後我夢到我如何吃下整隻豬，當我醒來時，我非常口渴，所以我光著腳去拿瓶啤酒，打開瓶蓋，貪婪地喝著。接著我點燃燈，舉著燈在一塊塊豬肉間徘徊。我無法克制自己點燃爐火，從豬腿上切下兩片漂亮的肉排，把肉敲平，接著灑點鹽，胡椒，然後在牛油裡煎個八分鐘。這整段時間對我而言是永恆的。我在流口水，這就是我想要的。我幾乎吃光兩塊生煎豬腿肉，只加幾滴檸檬，最後還在那肉排上倒了些水，蓋上蓋子，蓋子下面的水蒸氣憤怒地吞吐著，而我已經將那肉排放在盤子上，貪婪地吃著。一如既往，我把我的睡衣弄髒了，肉汁或是醬汁弄髒我的襯衫，因爲當我在吃的時候，我不是吃，我是狼吞虎嚥……當我吃完並用麵包抹乾淨盤子時，我從敞開的門洩入的微弱光線看到弗蘭欽的雙眼正注視著我，那責難的眼光又再一次指責我，一位端莊的女人是不會這樣吃東西的。還好我吃完了，那眼神總是讓我倒盡胃口，我在燈的上方彎下腰，但是突然想到燈芯的煙會吹到肉上，於是我把燈帶到走廊上並用力吹熄它。我爬回床上，摸一摸豬肩後睡著，並期待早上起床後再做兩片生煎豬排。

3

博賈．郤爾溫卡總是特別小心地呵護我的頭髮。他說，這頭髮像是過往的黃金時代所遺留下來的，我的梳子從未梳理過這般的頭髮。當博賈在梳理我的頭髮時，好像他是在店裡點燃了兩支火把，我的頭髮在鏡子裡、洗髮盆裡、在玻璃水瓶裡像火焰般燃燒著。而我必須承認博賈是對的。我從未見過自己的頭髮可以像在博賈的店裡那麼美麗，尤其當他用我自己煮好後裝在牛奶罐裡帶過來的甘菊水清洗我的頭髮時。當我的頭髮還溼答答的時候，從來無法預見它變乾時的模樣；只有當它開始變乾時，好像在那束瀑布般的頭髮裡誕生了數以千計的金黃色蜜蜂，數以千計的小螢火蟲，還迸開數以千計的細小琥珀水晶。當博賈開始用梳子梳理我的頭髮時，從我如同種馬鬃毛的頭髮裡會發出迸裂聲以及嘶嘶聲，接著頭髮開始膨脹、變大然後沸騰起來，迫使博賈必須跪下來，好像他正在用梳子梳理著種馬的尾巴。而他的店裡也因此發光發亮。自行車騎士們跳下他們的自行車，將他們的臉貼近店裡的窗戶以便確認到底是什麼奪取了他們的目光。博賈自己還佇留在我的髮雲之間，他爲了不被干擾總是把店門鎖住，而他也隨時不斷地聞我的髮香。當他梳理好我的頭髮了，幸福地吐口氣，然後才開始按照我的喜好綁我的頭髮，一次用紫色的，第二次用綠色的，下次用紅色或藍色的緞帶，好像我是天主教儀式的一部分，好像我的頭髮是某種宗教節慶。然後他打開店門，將我的自行車牽來給我，把罐子掛在架上，然後彬彬有禮地扶我坐上自行車。店門口那時候已經聚集了一群人，每個人都在注視著那甘菊香味撲鼻的頭髮。當我踩下踏板，博賈先生跟在我旁邊小跑一段路，並扶起我的頭髮以免被鎖鏈或輪軸夾到。當我加速到一定速度時，博賈先生會將我的髮束往空中拋，如同將星星拋至空中或是將風箏放至天空一般，然後屏息地回到店裡。而我就這麼騎走了，頭髮在背後飄盪著，我可以聽到它迸裂的聲音，好像鹽巴或絲綢摩擦的聲音，好像雨滴滴落至鐵皮屋頂的聲音，好像炸維也納豬排的聲音。髮束就這樣在我背後飄著，好像男孩們帶著象徵厄運的掃把在女巫節[6]的黃昏奔跑，好像我頭髮的煙在背後飄著。人們會駐足，而我對於他們無法避開我那飄盪的頭髮一點也不會感到驚訝，那頭髮好像是騎向他們的廣告看板。當我看到我是如何被注視的，我的感覺很好，那原本裝著甘菊水的空罐子在車把上叮噹響，風將我的頭髮往後梳。我騎過廣場，所有的目光都集中在我飄盪的髮束，就像我踩著踏板，自己注視著自行車輪子前進的線條。弗蘭欽碰到兩次在這樣飄盪的我，而每一次我那飄盪的頭髮總是讓他無法呼吸，他不向我打招呼，也無法對我出聲，他會因爲我那讓他意想不到的姿態而只能呆滯地站在原地，得靠在牆上才能支撐自己，必須過一會兒才有辦法繼續呼吸。我有印象如果我對他說話，他就會摔倒在地，那是他的愛情將他逼到牆邊。就像在學校課本上那幅亞勒什畫的孤兒圖像。我踩下踏板時，膝蓋輪流敲打著罐子，對向的自行車騎士們有的會停下來，有的會把自行車掉頭跟在我背後，或是先超車再騎著他們的自行車繞一圈，然後朝向我騎來，他們向我的襯衫、牛奶罐子、我那飄盪的頭髮以及整個我致意。我會把他們殷勤的表演理解爲理所當然，只是會難過自己無法像他們那樣迎向自己，如果眞有那麼一天，我可以旁觀自己，我會因此感到愉悅，驕傲，並且不會覺得不好意思。我再一次騎過廣場，接著騎上主要幹道，在格蘭德飯店前停著奧里安牌摩托車，弗蘭欽手握著火

6 每年四月三十日晚上至隔日五月一日為女巫節。人們在這天夜晚會藉由燒火堆來象徵燒掉邪惡的惡靈，例如女巫，並同時慶祝春天的到來。

星塞站在他的摩托車前，他當然有看到我，但是他假裝沒有看到我，他的奧里安牌摩托車的點火功能總是令人惱火，因此弗蘭欽總是在摩托車的邊車上載著他所有的扳手、扳鉗和螺絲起子，還載著小踏板車床。在弗蘭欽身旁站著我們啤酒廠有限公司管理委員會的兩位委員，在我的鞋尖碰到鋪石面路之前，我抓了一下背後的頭髮，然後把頭髮拉向前放在我的大腿上。

「你好，弗蘭欽。」我說道。

弗蘭欽吹著火星塞，當他聽到我說的話時，那個火星塞就從他的手指縫間掉下來，而他的臉上有兩個因爲修車而弄髒的汙點。

「您好。」那兩位管理委員會委員向我致意。

「您們好，先生們，今天天氣很好，是嗎？」我說，同時弗蘭欽臉紅至髮根。

「弗蘭欽，火星塞掉到哪裡去了？」我說。

我接著彎下腰，弗蘭欽則跪下來在邊車底下找火星塞，我把小手帕鋪在鋪石路上，然後跪下，我的頭髮也隨著掉落在我的身旁。煙囪師傅德吉奧爾吉先生溫柔地扶起我的頭髮，再將我的頭髮披掛在他的手肘上，就像是教堂司事拿著神父的長袍那般。弗蘭欽跪在摩托車邊車的藍色影子底下凝視著，這使我瞭解到我的出現讓他如此不安，他尋找東西只是爲了讓他自己恢復鎮靜。當我們舉行婚禮時，情況也是一樣，當他幫我戴上戒指時，他的手指顫抖不已，婚戒也因此掉落在地，滾動到某處。所以首先是弗蘭欽，然後是證婚人，接著是婚禮賓客，先是彎腰，然後趴著，最後連神父自己也一起，所有的人都在教堂裡趴著來回爬行，直到服務生發現那婚戒在講道臺底下，一枚小小的圓戒滾向與婚禮所有人趴著尋找的方向相反。那一次我笑了，站在那一直笑……

「在排水溝那裡有個東西。」小男孩說，並在主要幹道上繼續往前追趕著呼拉圈。

火星塞躺在排水溝旁，弗蘭欽把它撿起來放在手裡，當他想要把它扭緊到馬達裡時，他的手爲了讓火星塞可以震動線路而抖得厲害。接著格蘭德飯店的門被打開了，鐵匠師傅貝爾納德克先生走出來，他在坐著時已經喝完一桶皮爾森啤酒，現在端來一杯啤酒。

「親愛的女士，請不要見怪，請喝我的啤酒吧！」

「乾杯，師傅先生！」

我將我的鼻子整個浸沒在啤酒泡沫裡，像發誓一樣舉起我的手臂，然後津津有味地慢慢喝完那杯甜中帶苦的液體，當我喝光時，我用食指擦拭嘴唇，然後說：「我們啤酒廠的啤酒也是一樣這麼好喝！」

貝爾納德克先生向我鞠了個躬：「但是皮爾森啤酒，親愛的女士，和您頭髮的顏色很接近，請允許我……」鐵匠師傅喃喃自語，「請允許我回去之後，以您之名，繼續喝那如同您金髮一般的啤酒。」

他鞠了躬，然後離去。鐵匠師傅是重達一百二十公斤的人，他的褲子在背後啪啪響，那拍打聲好像來自大象似的。

「弗蘭欽，」我說道，「你會回家吃午飯嗎？」

他在引擎頂端扭緊火星塞，假裝集中注意力。我向兩位尊敬的管理委員會委員鞠躬，踩下踏板，把我那似皮爾森啤酒瀑布般的髮束甩到背後，然後加速騎出狹窄巷弄，接著上橋，欄杆後頭的那片鄉村風景像傘一般在我面前展開。河流傳來香味，在遠方升起一座米色牆的麥芽啤酒廠，那是我們的市立啤酒廠有限公司。

4

在彈簧拉力器盒子的蓋子上寫著：連您都可以擁有如此美好的身材，強而有力的肌肉，以及令人讚嘆的力氣！

弗蘭欽每天早晨都會鍛鍊肌肉，但是那麼美好的肌肉大概只有如彈簧拉力器蓋子上的勇士才會擁有吧，相較之下，弗蘭欽看自己好像是隻皺巴巴的小兔子。我把煮馬鈴薯的鍋子放在爐子上，拿起盒子看，在那上頭的照片是位了不起的運動員。接著我大聲地唸：「連您都可以擁有如老虎般的力量，虎掌一擊就能打死比牠大得多的牛。」

弗蘭欽看了一眼走廊，彈簧拉力器瞬間在他手中縮了起來，弗蘭欽立刻躺在沙發上窩著，並說：

「佩平。」

「我終於可以見到你的哥哥了，我終於可以親耳聽到自己的大伯說話了，親愛的大伯！」

我從窗沿探出頭去，在走廊那裡站著一個人，頭上戴著橢圓形的帽子，穿著格紋馬褲，褲管塞進提洛爾人穿的綠色襪子裡，鼻子彎彎的，背上有個軍用背包。

「佩平大伯，」我在門階處喊著，「請進。」

「您是哪位啊？」佩平大伯問。

「哦，我是您的弟妹啊，歡迎之至！」

「他媽的，我那麼幸運有這麼美麗、引人注目的弟妹，可是，弗蘭欽在哪裡呢？」大伯問，並匆匆忙忙地往廚房、往房間走去。

「啊，在這裡，你怎麼了？你躺著嗎？他媽的，我來拜訪你們，不會在這裡待超過十四天。」大伯說著，他的聲音隆隆地響，好像旗幟劃過天際，如同軍令一般。弗蘭欽像是被每個字電擊到似的，跳了起來，接著把自己包在毯子裡。

「所有人都問候你，除了博哈萊娜，她已經是快要死的人了。某傢伙給她一些火藥放在她用來燒火取暖的柴堆裡，當那老女人把柴堆放到火爐裡去時，火爐就爆炸了，直接炸到她臉上。她嚇壞了，所以她快要死了。」

「博哈萊娜？」我倏地緊握雙手，「那是你們的姊妹？」

「什麼姊妹？那是教女，那是一個整天用蘋果和糕餅把胃撐破的老女人，唸了三十年：孩子們，我快要不行了，我什麼都不想做，只想睡覺……我好像也病了。」大伯說道，接著打開背包的繩結，把他所有修鞋工具都倒在地板上。當弗蘭欽聽到東西掉滿地的轟隆聲響時，他把雙手手掌放在臉上呻吟著，好像大伯是把鞋匠工具塞到他的腦袋似的。

「佩平大伯，」我說，並把烤盤推向他，「請吃這些小糕餅。」

佩平大伯吃了兩塊糕餅，大聲宣告：「我好像生病了。」

「哦，不。」我跪下來，並在那些鞋楦、鐵鎚、皮革刀，以及其他修鞋工具上倏地緊握雙手。

「注意！」大伯嚇了一跳，「請別讓我弄髒您的頭髮。對了，弗蘭欽，茲博日伊爾神父在髖關節處摔斷了腿，嚴重到將會殘廢度過下半生。札維查克伯父修復好教堂塔頂，施工板架卻跟著他滑落下來，但他抓住了塔上時鐘的指針，雙手抓緊那天文鐘的指針，但是那指針動了一下，從十一點四十五分降到十一點半，啪答一聲，伯父的雙手從那指針滑出，接著伯父就往下掉。不過因爲那裡有菩提樹，所以伯父掉到其中一棵的樹頂。而茲博日伊爾神父注視著一切，同時緊握著手看札維查克伯父如何從一根樹枝掉落到另一根樹枝，最後背部著地。茲博日伊爾神父立刻跑去恭喜他，但因爲沒看到臺階而跌倒，並且摔斷了腿，所以老札維查克必須揹起茲博日伊爾神父，立即載他去普羅斯捷約夫市的醫院。」

我拿起木製的女鞋楦並撫摸著它。

「這些東西眞是美麗，是嗎，弗蘭欽？」我說。但是弗蘭欽只呻吟了一下，好像我給他看的是隻下水道的老鼠或是一隻青蛙。

「是很美麗啊。」大伯說，並且拿出夾鼻眼鏡放在鼻子上，但是那夾鼻眼鏡沒有鏡片。弗蘭欽看到自己哥哥鼻子上那沒有鏡片的夾鼻眼鏡時，他發了一聲牢騷，幾乎快哭出來了，他轉身面牆，移動了一下身子，那沙發的彈簧像弗蘭欽一樣也嘆了口氣。

「那在葉澤雷赫納的伯父在做什麼？」我問道。

大伯不屑地揮了揮手，抓起弗蘭欽的肩膀，將他轉個身，熱情大聲地對他述說：

「在葉澤雷赫納的梅屠德伯父開始變得有些奇怪，他在報上讀到：您感到無聊嗎？買隻小浣熊吧。因爲梅屠德伯父沒有孩子，於是他就回覆了那個廣告啓事，一週後寄來了裝在木盒裡的浣熊，哦，那眞是件不得了的事！牠就像個小朋友一樣和每個人交朋友。但是，這你知道的，牠洗所有的東西。所以牠洗了梅屠德伯父的鬧鐘和三隻手錶，洗到沒有人可以再組合回去。牠還有一天洗了所有的香料。然後，有一次梅屠德伯父拆卸了自行車，那浣熊替他把所有零件帶去小溪清洗，鄰居還來問他：梅屠德伯父，您還需要這些東西嗎？我們在小溪裡找到的！他們已經帶來了好幾樣零件，所以梅屠德伯父便走過去瞧瞧，那浣熊帶走並洗了他幾乎整輛自行車。這些糕餅眞好吃。那隻浣熊只在櫥櫃上廁所，因此整個房子臭氣沖天，最後必須把浣熊眼前的所有東西都上鎖，也必須小聲說話。這些糕餅眞的好吃，眞可惜我病了。但是浣熊都在觀察他們把鑰匙放在哪裡，接著把牠眼前被藏起來的東西打開。最糟的是，那浣熊連晚上都在注意一切，連梅屠德伯父親吻伯母一下，浣熊也跑過來想親一下，使得梅屠德伯父必須與蘿札羅伯母到森林裡約會，好像婚前那樣，還必須不斷地轉身回頭看浣熊有沒有站在背後。他們也因此不會感到無聊了，直到有一次他們離開家兩天，而浣熊在那個五旬節覺得特別無聊，於是把那些大爐灶的貼磚在屋子裡四處亂丟，家具都沾滿了灰塵，羽絨被和衣物被丟在馬桶裡。因此，梅屠德伯父坐下來給《摩拉維亞鷹報》寫篇廣告啓事：您感到無聊嗎？買隻小浣熊吧！而他的憂鬱症從那時候起就好了。」

佩平大伯說著說著，同時也一塊接一塊地吃著糕餅，他摸著烤盤，整個烤盤都摸遍了，當他什麼都摸不著時，他揮揮手說：

「我真的病了。」

「就像博哈萊娜一樣。」我說。

「您在胡說些什麼？」佩平大伯大叫，「博哈萊娜只是個老女人，一個用蘋果撐破自己肚子的老女人，但是她還是有先見之明的……」

「從那些蘋果嗎？」我打斷他的話。

「胡說八道！先見之明，老女人總是會察覺異象，她從教堂得到異象。」佩平大伯說得喘不過氣來，「那異象是匹鬃毛和尾巴在燃燒著的馬飛過我們小鎮的夜空。博哈萊娜那時就說：將會有戰爭，而後來也就有了戰爭。但是，弗蘭欽，我們的小鎮去年很慘！老女人跪落在地，我也看到了，耶穌聖靈飛過廣場以及教堂！但是後來得知的眞相是：小傢伙洛蘭在牧羊，同時飛機也在進行飛行訓練，飛機後方拉著被當作射擊目標的袋子，他們忘記注意那條繩子，繩子拖著地走，於是纏繞住洛蘭的腳。他只是個有一頭白髮的小孩子，但當那飛機往上飛時，那繩子也跟著往上拉，連洛蘭也隨著繩子往上飛。洛蘭在我們小鎮的上方飛行，但是老女人們認爲那是小耶穌，當繩子掃過教堂邊的菩提樹，那個小耶穌如同札維查克伯父那般掉落下來，從一根樹枝掉落到另一根樹枝。洛蘭掉落在地時說：我的綿羊在哪裡？而老女人們卻跪下來想讓他祝福她們。」

大伯敘述著，他的聲音在房間裡迴盪、充滿歡喜且轟隆隆響著。

現在弗蘭欽穿好衣服，拉上外套、長禮服，用手壓一下甘藍菜葉形狀的領結，我幫他調整一下上過漿的衣領，那衣領的下緣是往內折的。我抬起雙眼直直地望著他的眼睛，在他的手指尖上親了他一下。

「待十四天？」他小聲地說。「你看著吧，他會在這裡待十四年，或許待上一輩子！」

當我看到他是那麼的不高興，我便在他的唇上印上我的吻，但這讓他感到害羞，他用責備的眼光看著我，好像端莊的女人在公共場合裡不應該這麼做，即便在這裡的公共場合裡只有佩平大伯。弗蘭欽從我的擁抱裡生氣地離去，從後方的入口走進辦公室，接著我就透過牆壁聽到玻璃門旋轉打開的聲音。啊，弗蘭欽和那位「端莊的女人」，在我嫁給他之後，那端莊女人的形象就總是若有似無地出現，為我描繪出標準女人的模樣，但是我永遠不會也無法成為那樣的女人。我是那麼喜歡吃櫻桃，每當我用自己的方式吃著櫻桃時，模樣是那麼貪婪且具侵略性，他的臉會紅至髮際。我無法瞭解使他暴怒的原因，直到我自己看到我嘴裡的櫻桃，才知道這是讓他不高興的原因，因為端莊的女人是不會這麼貪婪地吃著櫻桃。秋天時，當我採摘了玉蜀黍後，他又會注視著我那正在擦洗玉蜀黍的手掌，注視著在我眼裡的小火苗。再一次，端莊的女人不會這樣擦洗玉蜀黍，即使會，她也不會像我一樣大笑並且雙眼發亮，因爲如果這樣的情景被某位陌生的男子看到，他的慾望可能會因爲看到我用雙手摩擦玉米芯的景象而受到鼓舞。

佩平大伯把自己修鞋的寶貝在小凳子上鋪好，接著脫掉鞋子，當他在詳細解說鞋子的所有部位時，他再次將沒有鏡片的夾鼻眼鏡戴上，然後隆重地說：

「因爲您是一位特別聰穎的女士，所以我將爲您修復您所有壞掉的鞋子，因爲我曾經替法院的合約供應商製鞋，他們不只受到皇家法院的青睞，也受全世界喜愛，銷售鞋子到全世界……」

「用自行車運送。」我說。

「胡說八道！」佩平大伯吼叫。「難道法院的供應商是那些捕鼠人或是皮革收集家？他們有船和火車，如果皇帝遇見他們用自行車……」

「哦，皇帝也騎自行車嗎？」我倏地握住雙手。

「你嘰嘰喳喳地像隻喜鵲一樣在說什麼呢？」大伯尖叫。「我是說，如果皇帝遇見法院合約供應商用自行車運貨，那麼會拿走他的……」

「自行車！」我說。

「胡說八道！是拿走頭銜以及那皇冠上的老鷹！」佩平大伯感到急躁而嗆到，但是當他看一眼小凳子上的東西時，他又幸福地笑了。他拿起一個罐子，打開它，聞一聞，接著遞給我聞一下，揮揮手：

「恭喜，弟妹，這可是鞋匠界最流行的修鞋用膠黏劑。」佩平大伯說，並把那已經打開的罐子放在椅子上。

透過牆壁可以聽到會議室裡的椅子嘎嘎響的聲音，以及聽不太清楚的對話聲，拖著鞋底走路的聲音。接著椅子安靜下來，弗蘭欽開始開會，並小聲地報告啤酒廠最近一個月的財務管理狀況。

「佩平大伯，」我放膽說，「所謂的法院供應商，是供應鞋子到大國，到法院，對嗎？」

「胡說八道！」佩平大伯喊叫，「你嘰嘰喳喳地像個小孩子一樣在說什麼呢？法院供應商和牛群與穀物會有什麼關聯呢？所謂的法院供應商是非常謹慎、緊張的，老卡夫卡也是那麼緊張，所以當他的小女兒隨時可能會被家具的邊角撞到而頭破血流時，老卡夫卡，也就是法院供應商，從工作室拿了整籃的肩墊，用那些肩墊包住家具的每一個角，但因爲他太緊張了，太急著開門，他的小女兒卻被門給撞暈了，於是拉特爾建議他，乾脆只放個肩墊在他小女兒的額頭上。」

「佩平大伯，拉特爾是弗蘭欽的表弟嗎？」我說。

「放屁，」佩平大伯尖叫，「拉特爾是位老師！去年他從二樓掉下來，當他在上課的同時發生了墜樓……這就好像是當火車在走走走走……拉特爾揮著雙手，像火車似地往敞開著的窗戶衝撞過去。他從那窗戶落下，整班級的學生興奮地跑去聚集在窗戶旁，老師一定在鬱金香花田裡摔斷雙腿了，但是拉特爾已經不在那裡了，他繞過院子，爬上樓梯，火車再一次走走走走……再一次走進教室，站在正從窗戶探身出去的學生的背後！」

透過牆壁可以聽到主席在會議室裡說話的聲音，格倫托拉德醫生說：

「經理先生，誰在那裡那麼野蠻地喊叫？」

「很抱歉，我的哥哥來拜訪我們。」弗蘭欽說。

「那麼，經理先生，請去告訴您的哥哥控制一下自己！因爲這間啤酒廠是我們的啤酒廠！」

「那位拉特爾娶了梅爾齊娜，您的表妹，是嗎？佩平大伯？」我慢慢地說。

「才不是！梅爾齊娜是嫁給了瓦努拉叔叔，搭乘巴爾幹列車的那位廚師，他住在波希米亞這裡，靠近姆尼霍伊市，因爲巴爾幹列車每週一次會經過姆尼霍伊市，所以梅爾齊娜會在那天上午十點半放狗出門，那隻狗會到火車站那裡，瓦努拉叔叔會從巴爾幹列車裡探出頭來，丟出一大袋骨頭，而那隻狗便撿回家。但是，今年當瓦努拉在丟那些骨頭時，那一大袋骨頭打到了車站站長，因此瓦努拉必須賠償他弄髒的制服！」佩平大伯尖叫。

他再一次拿起我的鞋子，戴好那沒有鏡片的夾鼻眼鏡，高興地吼叫：「您這什麼愚蠢的東西，我再一次爲您解說所有的一切，然後再把它交回給您，讓您自己試試！這個是巴黎式，šnyt[7]。這個是鞋子的鞋面，gelenk[8]，又稱爲轉彎的部位。這是鞋底又稱爲外底。這是鞋跟，absac[9]。弟妹，請記住，想要成爲製鞋或是修鞋的人必須要有學徒證書，而這種證書和通過結業考試或是博士考試是一樣的。法院供應商維恩利赫……」

7 此處為使用捷克文發音書寫的德文，主要想展現佩平的德文能力。
8 同註7。
9 同註7。

「烏爾里赫？」我用手掌蓋住耳朵。

「維恩利赫！」大伯吼叫，「維恩，就像維他命的維，一個笨蛋劃破了鞋子，竟還拿給法院供應商維恩利赫。供應商說：您這個人啊，您把鞋子弄壞了，我現在要怎麼處理這鞋子？而那笨蛋說：那請賣給猶太人吧。但維恩利赫自己就是猶太人，他已經在吼叫：難道猶太人是豬嗎？」

「佩平。」我小聲地說。

「放屁！」大伯怒喝，並令人害怕地在我面前站直身子。「我再怎麼樣也是有證書的，難道這麼吹毛求疵的紳士會與我做朋友嗎？什麼佩平？弟妹，您和在上午參加考試時一樣笨！」

大伯用拳頭用力敲了敲自己的額頭，以至於那夾鼻眼鏡飛落到櫥櫃下。他看一眼我的鞋子，接著他冷靜下來，坐下來用指尖指著並繼續吼著教導我：

「這個，如同我們先前說過的，absac 或是鞋跟，而在這個鞋跟或是 absac 上頭是鞋跟塊或是鞋跟皮又稱爲邊件，在同業間則稱爲鞋後跟與鞋底中間的墊皮！」

我伸手拿起長鐵湯匙，湯匙的尾端粗糙得像牛舌一樣，我說：「佩平大伯，這個是 abnemr[10]，是嗎？」

「什麼?」覺得挫敗的大伯吼叫，「abnemr是這個，abnemr又稱爲去除劑，但是，你拿在手上的這個東西是粗銼刀或是銼刀，又稱爲刮刀!」

門被打開了，弗蘭欽站在門口，用手掌壓在領結上，展開胳臂並且跪下，他先向佩平大伯點頭，接著再向我深深鞠躬，說:

「您們兩位輕騎兵，在這裡吼叫什麼呢?佩平，爲何如此大聲咆哮?」接著他把手掌放到打開著的膠黏劑罐子上。

「我沒有。」佩平大伯喃喃地說。

「那會是誰?難道是……我?」弗蘭欽用雙手指著自己。

「在這裡的某個人，在我裡面的那個人。」佩平大伯說，尷尬地扭著手指頭。

「請自制，啤酒廠的管理委員會正在開會，主席先生派我傳遞這個訊息。」弗蘭欽舉起手並後退到走廊上去……

10 同註7。

接著又再一次聽到他小聲說話的聲音。弗蘭欽在報告，他在報告中解釋下個月要用什麼方式解決剛剛結束的那個月的負債。我拿來一桶豬油，爲佩平大伯塗一片又一片的麵包，當他想要講話時，我再遞一片麵包給他。當弗蘭欽的聲音在會議室裡停頓下來時，先是響起拖著鞋底走路的聲音，接著是驚嘆聲，索奈特品牌的椅腳嘎嘎作響，好像是所有的管理委員會委員都站了起來似的。我想會議應該已經結束了，但是啤酒廠管理委員會主席格倫托拉德醫生的聲音在喊：「會議休息十分鐘！」

連接辦公室和走廊的門飛開，好像是被踢開似的，弗蘭欽跑進房間，手壓著領結並尖叫：

「誰把這膠水放在椅子上？太糟糕了！我黏到一張紙而且黏得那麼緊密，以至於無法翻頁！德吉奧爾吉先生幫忙我，結果他也被黏住，甚至連自己的手都無法和綠色的桌巾分開！而主席先生黏到夾鼻眼鏡，把它黏在鼻子上！最重要的是，我把手指頭黏到領結上了，你們看！」弗蘭欽拉開手，但固定領結的橡皮筋被拉得更緊。

「我去拿一些溫水來。」我說。

但是弗蘭欽用手猛往前拉，橡皮筋被拉緊而斷掉，手和領結往前爆開，橡皮筋射到弗蘭欽的脖子，而他像小男孩一樣地小聲呻吟：「哦嗚！」

佩平大伯拿起罐子的蓋子，放到弗蘭欽眼前並驕傲地說：

「這生產於維也納的製鞋世界中心，薩拉曼德爾公司！」

接著，大伯按住他鼻子上那沒有鏡片的夾鼻眼鏡。

5

弗蘭欽每個月會騎摩托車去布拉格，但是每一次摩托車都會有某些故障，因此他必須修理。但是每次他回來時，都還是那麼快樂、英俊，而我必須從頭到尾聽完所有他必須做的事情，好讓已經無法好好行走的奧里安牌摩托車再回復成永遠可以抵達終點的摩托車。抵達終點的意思是指摩托車回到啤酒廠。即使有時候必須推著摩托車走到終點；但是弗蘭欽從來不會因此埋怨咒罵，他推這整輛垃圾走十、十五公里，有時候即便是五公里，當他從三公里遠的茲維日伊內克小鎮開始推奧里安牌摩托車時，弗蘭欽會因爲情況已經稍微好轉而感到高興。弗蘭欽今天被牛車從布拉格拖回來。當他付錢給農夫後，他跑進廚房，接著，一如往常，我擁抱他，我們再一次站在升降燈下，如果這時有誰從窗戶看到我們，一定會覺得奇怪。當弗蘭欽從布拉格回來時，每一次都會有這樣的儀式：弗蘭欽閉上眼睛而我碰觸他胸前的口袋，弗蘭欽搖一下頭；接著我碰觸他左邊的口袋，弗蘭欽搖搖頭；然後我解開他的外套，碰觸他背心的口袋，弗蘭欽還是搖搖頭；接著我碰觸到他褲子的口袋，弗蘭欽點一下頭。他的眼睛從頭到尾都幸福地閉著，而我總是從他衣服某個隱密的地方掏出小小的盒子，從我佯裝驚訝、高興，並慢慢打開的盒子裡，我會拿出戒指，有時候是胸針，有一次甚至是腕錶。但是，這個儀式已經不是第一次了。當弗蘭欽以前從布拉格回來時——他每個月去一次那裡的啤酒餐廳——他總是等到天色變暗才命令我閉上眼睛。當我閉上了眼睛，他在那時才會走進廚房。弗蘭欽領著我到房間去，要我坐在鏡子前，接著請求我承諾他我不會偷看，當我答應他了，他才幫我戴上一頂美麗的帽子。弗蘭欽說可以了。我看著鏡子，用手指扶著那頂帽子，按照我自己的品味把它戴好。我轉過身，弗蘭欽問我：「親愛的瑪麗，誰買了這個給你？」我說：「弗蘭欽。」接著親吻了他的手，他則撫摸我一下。有時候他會帶給我某種放在我脖子上的東西，那東西讓我覺得涼涼的，而當我張開眼睛時，亞布洛內茨珠寶項鍊在鏡子裡閃閃發光。弗蘭欽會問我：「誰買了這個給你？」我親吻了他的手後說：「你，弗蘭欽。」他再問我：「那誰是弗蘭欽？」我說：「我親愛的丈夫。」所以我每個月都會得到一些禮物，弗蘭欽知道我身體各部位的尺寸，他熟記在心裡，他總是提早詢問我可能想要什麼？但是我從來不會直接回答，我總是聊聊其他的事，弗蘭欽便心領神會。當他第一次為我帶來戒指時，他走到綠色的升降燈下，第一次教導我在他的口袋裡尋找，而我總是猜得到那個小禮物大概在哪裡，但是我總是到最後一刻才找到那個地方，好讓弗蘭欽感到高興。

今天當他被牛車拖回來之後，他請求我閉上眼睛。接著他拿了一件東西到房間去。在房間裡他關了燈，然後拉著我的手，帶領閉著眼睛的我，讓我坐在鏡子前的沙發上，然後拉下窗簾。我聽到蓋子打開的聲音，以為他買給我的是帽盒，接著我聽到他把插頭插入插座，我想他買給我的是某種機器、壓力鍋或是太陽能燈。隨後我聽到嘶嘶聲，接著是音量慢慢變大的隆隆聲。弗蘭欽輕輕地將手放在我的肩膀上，說：「現在。」我打開眼睛後所看到的實在是太美好了。弗蘭欽像位魔術師般站著，手裡握著小管子，小管子裡閃著淡藍色的光，某種深紫色的光。光照耀在弗蘭欽的手、臉和衣服上。弗蘭欽拿著玻璃小管子裡的紫色悶火靠近我的手，我的手臂變得很有磁性，我感覺到那光裡的紫色光屑在嘶嘶作響，如同無形的小火花進入我的身體，我全身充滿著夏天暴風雨的氣味，連房間也因此變香了，如同閃電過後的空氣香味。弗蘭欽拿著那美好的東西慢慢地靠近自己的臉龐，我又再一次看到他那俊美的輪廓。弗蘭欽像貢納爾．托爾內斯[11]那樣莊嚴地站在那裡，接著他把那小管子放到打開的小箱子上面。在箱子裡的紅色長毛絨布上——連蓋子也有內襯——塞放著各式各樣的小刷子、細管子、鈴鐺，全部都呈扇形排列著，所有都是玻璃製的，還附上像罐子、數十個玻璃製的工具。弗蘭欽拿起小管子，再從那小箱子裡逐一取出美麗的物品並接上膠木材質的握把。當每一次點亮那玻璃容器時，容器裡充滿著紫色的亮光，那光嘶嘶作響並轉移到或許需要的人的身體裡面。弗蘭欽轉換並嘗試所有這些裝滿氖氣的電極，小聲地說：「親愛的瑪麗，佩平大伯現在可以吼叫，啤酒廠現在可以發生任何不順遂的事，只要有人想要就可以羞辱我，這裡……這裡有這些具有治療功能的小火花，這些可以促進健康，高頻率可以給生活帶來新的愉悅感，新的力量……親愛的瑪麗，這也是給你的，爲了你的神經，爲了你的健康。這個是治療耳朵的陰極；這個陰極是用來按摩心臟的。想像一下，嘶嘶作響的磷光可以增強你的心臟！這個是用來治療歇斯底里以及癲癇；這紫色的臭氧可以去除你在公共場合表現的慾望，並做只有端莊的女人才會想到的事，或是只待在家裡才做；其他電極是治療針

11 貢納爾．托爾內斯（Gunnar Tolnes），主演一九一八年電影《火星之旅》（Himmelskibet）的丹麥男演員。

眼和肝斑，肌肉撕裂傷，偏頭痛；第十五個是治療腦充血與幻覺。」弗蘭欽小聲地說，這些充滿氖氣的各種形狀容器在我面前鋪開，這些電極比較像是大型雌蕊或是雄蕊或是蘭花花苞，比較不像是治病的工具。我聆聽著且第一次這麼驚訝，以至於講不出話來。這些治療幻覺的電極以及治療歇斯底里與癲癇的高頻就是在影射我，我沒有理由抗拒，因此那紫色的美使我變得僵硬。弗蘭欽拿了聽筒形狀的電極靠近我的額頭，我看著鏡中的自己，那眞是美極了！我看起來像是美麗的水中精靈，像是那些在新藝術風格圖畫裡的女士，紫色的，帶著波浪似的頭髮，帶著電極設備的紫色風暴！弗蘭欽再一次倚著小箱子，接著他將一把充滿氖氣的梳子塞進膠木材質的握把裡。這充滿氖氣的梳子閃閃發光，像是在維也納或巴黎的服飾用品店上的廣告看板。弗蘭欽靠近我，把那嘶嘶作響的梳子放到我的頭髮裡。我看著鏡中的自己，瞭解到我別無所求，只想要用這把梳子梳理我自己的頭髮。而弗蘭欽慢慢地，好像他也知道似的，用那發光的梳子梳理我那狂野的頭髮，一直梳到地面上。他再一次站起來，然後再一次用連接高頻的梳子從頭到尾梳理我的頭髮，我整個身體開始顫抖，必須用雙手擁抱自己。弗蘭欽小聲地呼氣，每一次他都無法抗拒自己想將整個臉埋進我的頭髮裡，那涼涼的紫色風暴使人感覺眞好，當他梳到底之後再把梳子返回頭頂時，頭髮的尾端隨著梳子往上揚。他再一次用那紫色梳子梳理我的頭髮直到底端，那來往穿梭的藍色東西加速地往下移動，在我頭髮的瀑布裡，那充滿紫色精華的空心梳子是玻璃製的！「親愛的瑪麗，」弗蘭欽對著我耳語，並在我的背後坐下來，他再一次緩慢地用梳子梳理我那充滿電力的頭髮。「瑪麗，我們每天將都這麼做，我把這個帶回來主要是想藉由藍色舒緩生活上所有的紛擾，安定你的神經，然而我的電極顏色應該是紅色的，紅色可以加快血液循環，並且活躍感官……」弗蘭欽輕聲地說，從廚房後面的小房間響起鐵鎚的敲擊聲，越來越生氣的憤怒聲漸漸提高音量，原本要來訪十四天的佩平大伯已經住在我們這裡整整一個月了。當我在燈下撫摸弗蘭欽，舒緩他的恐懼。他告訴我，如果佩平待在我們這裡整整二十年，或是一輩子，他覺得很糟糕。佩平大伯在小房間裡幫我們修理鞋子和靴子，他也睡在那裡。但是，對他來說，那些不是鞋子，那是活生生的東西，而佩平大伯和它們搏鬥，把它們丟到簸箕裡，整天咒罵它們，我所聽到的那些咒罵字眼是我這輩子從未聽過的。此外每隔半小時大伯會拿起正在修理的鞋子，當他在咒罵它時，他會猛踩它，扔掉它，然後繃著臉在小桌子旁坐下來生悶氣。當他鎮靜下來之後，他會慢慢地轉身，看鞋子一眼，並請求它的原諒，接著再把鞋子拿起來，撫摸它，釘住它，拆下線。但是因爲他的手指不太靈活，他總是尖叫到讓我趕緊跑過來，還以爲他用刀刺入胸部，但那只是因爲他無法把線穿過鞋底，好像整隻鞋子在威脅他——它眞的如此，就像從留聲機彈跳出去的捲曲彈簧，那鞋子像肥皀從手掌滑出般跳到櫃子和天花板上去，好像在它裡面有什麼馬達似的，而當鞋子飛出大伯的手中時，大伯跟著鞋子一起跳，好像守門員跳起來飛身救球……

現在，大伯尖叫：「他媽的！他媽的！」

弗蘭欽放下充滿氖氣的梳子，將長毛絨布鋪在箱子裡的工具上，並往大伯尖叫的方向看一眼，說：

「現在這些電流已經給了我力量。」他把小箱子放進櫃子裡。接著我拉一下把手，窗戶的百葉窗便往上飛，而那瓷製的把手啪答響地輕輕打到我的牙齒。在果園那一頭我看到米白色的麥芽廠，某位麥芽廠工人手裡提著球根形燈沿著樓梯走上二樓，接著消失了，然後那盞燈再一次在高一層樓的地方又出現了，再一次消失了，然後再出現。那盞燈持續沿著每層樓上升，好像是燈自己走在夜裡的啤酒廠似的，獨自行走的燈沿著樓梯往上升，接著那盞燈消失了，但是又再一次出現，從一扇小窗到另一扇小窗地走過連接麥芽廠和啤酒釀造廠的廊橋。但，是誰在那裡如此隨意地行走，是誰提著燈只爲了讓那燈看起來好像是自己在麥芽廠和啤酒廠往上爬升呢？我站在窗戶旁邊，就像是獵人在等待會出現在林間空地的麞鹿……我的預感讓我自己發抖。現在那盞燈出現在冷卻室，沒有人會在這種時間去那個地方，那裡有個如同冰上曲棍球場那麼大的桶子，在那個容器裡冷卻釀好的啤酒，麥芽汁……現在那盞燈在那裡走著，好像知道我在看著它，好像那盞燈被提著走只是因爲我的緣故。冷卻室裡十扇四公尺大的窗戶被活動百葉窗遮住，只露出縫隙，就像是在義大利和西班牙的百葉窗那樣。而那盞燈繼續走著，被那些數以百計的百葉窗干擾著，其動作被被百葉窗剪碎成一條條的。那盞燈現在靜止不動了，我看到有著百葉窗的窗框被打開來，某個提著燈的人走出來到冷卻室的屋頂上，冷卻室裡有四層樓高的冰山，一千兩百輛車載量的河冰，一輛又一輛地在冷卻室裡用升降機堆積成山，冷卻室冰凍的屋頂爲了抗熱覆蓋著半公尺高的沙層和鵝卵石，在那裡從春天到秋天都綻放著長生草，數十萬朵長生草座落在綠色苔蘚中……現在那裡有盞球根形燈，某位啤酒廠工人把這盞燈帶到那裡，也或許是某位麥芽廠工人……我打開窗戶，聽到上頭傳來令人愉快的男子聲音，好像是那盞被點燃的燈在歌唱……這愛情已經，已經離去，曾經擁有過這麼短暫的時光，我親愛的美人啊，已經不再有了……之後什麼都沒有留下……消失在尼姆布爾卡小鎮旁的深谷裡……而從小房間那傳來弗蘭欽的叫聲：「我的老天爺啊，我拜託你，佩平，不要再弄那些鞋子了！」我慢慢地走出房間，我甚至沒有看今天的電流是如何慢慢地退滅的，就和那愛情一樣，在深谷中淹沒。弗蘭欽已經將燈點燃，我走到走廊上，弗蘭欽坐在那裡的椅子上，兩隻手都壓在胸口，同時在說服大伯不要再管所有的事了，當他待在這裡的時候，就讀讀書，上教堂，去看電影，或者就安靜地在家裡待著……弗蘭欽想站起來，但是不知為何無法站起來，他再試一次，但是他緊連著椅子。我用手掌遮住嘴巴，我是多麼地驚嚇，因為我知道弗蘭欽是坐到裝有修鞋用膠黏劑的罐子了。佩平非常沮喪，他是那麼高興可以為弟弟修理所有的鞋子，他講了這麼多相關的事，因為如果他有喜愛過這個世界的話，他最喜愛的就是他的弟弟。弗蘭欽用力地想要起身，但是他無法將自己從那椅子上扯下來，他向前彎腰，結果跌倒了，他連人帶椅地躺在地板上。我跪下來試著把弗蘭欽從椅子上扯下來，但是鞋匠的膠水又稱為膠黏劑，是那麼牢固地黏住弗蘭欽，使他看起來好像是被砍倒的坐姿基督塑像。佩平大伯拉著弗蘭欽的肩膀，我試著在弗蘭欽背後躺下來，反方向地拉著那張椅子，但是看起來我的丈夫和佩平在被解救之前可能會先因此斷成兩半。我站起身，某個東西也隨著我的頭髮升起，我用手扶起我的頭髮並擱在我的大腿上，我看到我的頭髮被另一罐修鞋用膠黏劑或是膠水給黏住了。我拿起剪刀剪掉那黏住頭髮末梢的罐子，那原本在我髮結裡的小罐子現在像金璽詔書[12]般在那裡躺著。當弗蘭欽看到發生在我頭髮的情景後，他像匹馬一樣地暴跳起來，布料被扯破的美好聲音響徹屋裡，弗蘭欽滾落下來，接著再一次英挺地站著，雙眼充滿健壯具侵略性的火熱憤怒，他拿起鞋楦、罐子、裝著木椿釘的小箱子，以及佩平大伯——我想那情景應該傷了他的心，但是佩平熱忱地遞給他的弟弟所有可以燃燒的東西。弗蘭欽更簡單直接地把所有東西都丟進火爐，膠黏劑如此猛烈地燃燒，將爐板稍稍舉起，火焰經過煙道被直吸進煙囪，而幾乎兩公尺長的火焰，和我的頭髮一樣長。

12 指西元一二一二年由神聖羅馬帝國皇帝腓特烈二世頒布給波希米亞國王的詔書。該詔書承認波希米亞王位由貴族選舉產生，帝國不加以干涉，並且波希米亞王國享有獨立地位。

6

佩平大伯最喜歡坐在後院。後院的一邊是果園，另一邊是煙囪，在那裡放置著所有尺寸的橡木板。木板是提供給製桶工人用的，按照啤酒桶的大小需求，有二十五升、五十升以及一百升和兩百升（又稱爲雙倍），接著是大尺寸的五千升和一萬升裝的啤酒桶。所有釀造的啤酒都被儲存在發酵室和地下室的這些啤酒桶裡，在這些啤酒桶裡的啤酒會儲存到成爲一般的啤酒或是淡啤酒[13]，當佩平大伯無法修鞋時，他大都待在後院，他在這裡找到一根棍子，常帶著它沿著後院練習閱兵遊行和刺刀決鬥。爲了讓他不要再大叫，弗蘭欽拜託我要盯著大伯。

「您來了眞好，弟妹。」佩平說，「您的弗蘭欽有些神經質，根據巴提斯塔的論述，他應該用溫水清洗自己，或是呼吸新鮮空氣和運動。既然您已經在這裡了，我們應該來些學習或 šulbildunk[14]，因爲我以前的成績都是優等的，還得過榮譽表彰，不是一個和哈納克一樣的笨蛋。他在遊行時突然站出來對翁武赫勒爾上校說：先生，這裡是您的子彈和麵包，我要回家了，我不要當軍人了……上校對著士兵吼叫：您現在是得到霍亂嗎？」

「佩平。」我說。

「放屁！」佩平大伯吼叫，「大家都拿我當榜樣，翁武赫勒爾上校他知道我什麼？難道他有辦法記住一千個男孩嗎？有一次他跟著女孩們走了，兩個笨蛋士兵攔截那輛馬車想要搭便車，當他們看到翁武赫勒爾懶洋洋地在馬車裡，士兵們趕緊敬禮，而翁武赫勒爾溫和地說：士兵們，你們要去哪裡呢？他們說：我們要去度假。翁武赫勒爾說：要去度假的人必須要有 urlaubšajn[15]，你們的通行證在哪裡？士兵們覺得完蛋了，而翁武赫勒爾對他們其中一位說：您叫什麼名字？那士兵說：希姆沙！翁武赫勒爾問第二位士

---

13 Lager，啤酒因釀造方式不同所分出的種類。又稱拉格啤酒。
14 同註7。
15 同註7。

兵：那您又叫什麼名字呢？那第二位說：日伊姆沙！那位說自己名叫希姆沙的士兵開始往曠野逃走，因此翁武赫勒爾命令：日伊姆沙，快點把那個希姆沙帶回來！只是這位日伊姆沙也跟著那位希姆沙逃走了，翁武赫勒爾上校將馬車掉頭，駕著種馬回到軍營，立刻去詢問，這個希姆沙和日伊姆沙是屬於哪一排？但是在公文上並沒有什麼日伊姆沙，也沒有希姆沙。翁武赫勒爾上校說他的記憶就像照相機，他要軍隊列隊，接著他從一個士兵面前走到下一個士兵面前，抓住士兵的下巴，靠近他並直盯著他的眼睛，好像要親吻對方似的。就這樣過了兩天，還是沒有認出任何一位自稱是日伊姆沙的，或是自稱是希姆沙的士兵，所以，這樣的上校怎麼有辦法記得住佩平？」

「噓，」我說，「管理委員會下午將要開會。」

「好的，」大伯小聲地說，「但是我現在是在教您步槍有哪幾個部位。」大伯拿起棍子，他是那麼小心且專業地拿著它，好像那是貨眞價實的軍槍。他指著棍子且逐步列出所有的部位，最後說出結論，「所以這是 kolbenšuh 或是槍托，這是所謂的 myndunk 又稱爲槍口……」

「納德拉本。」我說。

「放屁！你這樣嘰嘰喳喳地像隻喜鵲一樣在說什麼呢？那是一個城市，但是這個是

myndunk 或是槍口。如果您是像這樣對布爾丘拉軍官說話的話，他會給您一拳，然後您會像隻兔子般地發抖！」

在園子的另一頭可以聽到憤怒關上辦公室窗戶的聲音。穿著白襯衫的弗蘭欽從帳務室裡跑出來，我看到他跑過草長得很高的草地，閃躲著樹枝。跑步的男人真是一幅美麗的景象，看著他如何用伸展的雙腿跳過重重阻礙，保持自己的一隻腳在草地上，另一隻腳的高度幾乎和草的高度呈水平狀態，然後兩腳交替重複在草地上移動的美好動作。當他跑到終點時，我看到他手裡握著三號鋼筆。

「你們兩位輕騎兵又在搞什麼？」

「我們在玩假扮軍人。」我說。

「玩吧，玩你們想玩的，但是請安靜，會計小姐剛打翻了整瓶墨水！」弗蘭欽小聲地叫著。

「那麼我們可以在哪裡玩呢？」我說。

「看你們想在那裡玩都可以，即便是爬上煙囪，只要不要讓我們聽到你們……她把墨水打翻到整份日誌上了！」弗蘭欽喊著，他白色襯衫的袖子用鬆緊帶綁在手肘處，他現在轉身且不再跑步了，他費力通過草長得很高的草地。我望著他的背後，接著他轉過身，我在我的手掌上吻了一下，然後再將它像羽毛般地吹向他。

「煙囪？」佩平狐疑地說。

「煙囪。」我說。

「那麼，前進！」佩平大伯喊著，踏上第一根螞蝗釘，接著想了一下，他跳下來說：「我跟在您後面。」

這是我從第一天來到啤酒廠就一直夢想著的事，想要有勇氣爬上啤酒廠的煙囪。它就在我面前升起，矗立著，我低下頭並踏上第一根螞蝗釘，不間斷地往上爬，景色隨著遞減的螞蝗釘而在背後消逝。這六十公尺高的煙囪在縮短的視線中像個被直豎起的重型槍砲，吸引我目光的是那掛在煙囪避雷針上、正在飄動的綠色緊身衣，同時在下方有著幾乎感覺不到的微風。這綠色的緊身衣在飄著，連從打開的窗戶那裡也聽得到這綠色緊身衣是如何發出金屬般的嘎嘎聲響。我踏上第一根螞蝗釘，放開一隻手並且鬆開綁在我頭髮上的綠色髮帶，接著快速地兩手輪流交替，雙腳就像是連接在一起的輪軸以相同的節奏動作著。我在煙囪一半高度的地方第一次感覺到風的衝擊，我的頭髮浮了起來，幾乎像是在我面前跑著似的，突然間我發現我整個人在我散開的頭髮中間，就好像我是被音樂包圍住一樣。我的頭髮好幾次飄到螞蝗釘上，我必須小心翼翼並且緩慢地移動雙腳，深怕踩到自己的頭髮。啊，如果博賈在這裡的話，他就會扶住我的頭髮，好像變成天使那般在飛行中小心翼翼地扶著我的頭髮，以免我的頭髮被鎖鏈或輪軸夾到。我爬上煙囪的整幅情景有些像是我騎在自行車上一樣，我停一會兒，因爲風似乎想要品嘗我的頭髮。風吹起並弄亂我的頭髮，頭髮在螞蝗釘上纏繞、打結，讓我感覺自己好像被頭髮吊著懸掛在半空中。接著風突然安靜下來，打結的頭髮自己慢慢解開，好像在教堂時鐘上鬆開的金黃色雙手，我的頭髮掉了下來，就像是金黃色的孔雀在我的頭上開屏，然後現在正在緩慢地收屏。我利用風靜止的時刻，快速地兩手輪流交替，雙腳的動作和手的動作一致，直到我將整隻手放在煙囪的圍框上，我喘了一會兒的氣，就像游泳比賽選手在游泳池游到比賽終點時那樣。接著我用雙手撐起自己，像是從水裡出來似的，我的一隻腳跨在圍框上，手抓住避雷針，慢慢地拉起我另一隻腳，好像從糖漿裡起身似的，我抓住我背後的頭髮，坐下來將頭髮拋至我大腿上。一陣風突然吹來，我的頭髮滑出手掌，我那些金黃色的頭髮再一次飄起，如同去年春天的前一天，熱情的頭髮就像是在小溪湍急淺灘裡的海草。我用一隻手握住避雷針，我感覺自己是拿著槍矛的女獵神迪亞娜，我的雙頰閃耀著喜悅，我覺得我好像在這個小鎮裡什麼都沒做過似的，唯獨爬上這個煙囪。這或許沒有什麼大不了的，但是我卻可以因此憑藉著這次經歷活好幾年，也許是一輩子。我彎下腰看到在下方的佩平大伯是那麼渺小，好像一位有頭有手的天使。我感到很奇怪，因爲直到現在我還一直以爲佩平大伯有著濃密捲曲的頭髮，但是我現在看到向我前進的是一圈稀疏頭髮的禿頭，現在那顆頭已經在圍框上了，第二隻手掌從下方撐起，抓住圍框，他看我一眼，而他的臉龐也閃耀著幸福。他撐起自己抵達煙囪，好像沒有意識到高度的危險性，佩平大伯站起身來，雙腳張開，一隻手插著腰，另一隻手幫雙眼遮陽。

「他媽的，弟妹，」他欽佩地說，「這裡可以是很棒的 beobachtungštele[16]、觀察哨。」

「又稱爲瞭望臺。」我補充。

「胡說八道！瞭望臺是給平民使用的，但是觀察哨又稱爲 beobachtungštele，是給軍人使用的，爲了讓戰爭時期的軍人觀察敵人的行動！弟妹，像您這麼聰穎的美人，這些話如果被司令官坦塞爾聽到，他會拿軍刀砍向您，並且下結論：我會把該死的你剁碎！」

「佩平。」我說，同時在涼涼的空氣中擺動雙腳。

「但是，他媽的，他是要如何把我剁碎？他喜歡我，是我幫他拿軍刀的！」佩平大伯哽咽，他在我上方彎下腰，他的臉看起來很害怕，就像是教堂屋頂上的怪獸石雕。

「您怎麼了！」我揮揮手。「佩平大伯，這裡不是很美嗎？」

我望著下方的風景，被丘陵和樹林包圍著，我看著小鎮並確認只有過河才能到達我們的小鎮。我們的小鎮事實上就是個像座島嶼的小鎮，環繞小鎮的河流在小鎮的上方分流，在城牆的附近流出兩條河道，這兩條河道流過小鎮後再一次匯流成河。每條看得到的街道從小鎮出來有兩座橋，兩條通道，而橫跨河流的是一條白色石頭橋。人們在橋上站著，靠著邊牆並看著啤酒廠的煙囪，看著我和佩平大伯，看著我在空中拍打的頭髮。我的頭髮在陽光下閃爍照耀著，好像羅馬教皇的旗幟，同時下方是無風靜止的。河的另一岸高聳著一座大教堂，塔上的金黃色鐘面和我臉龐的高度一樣，大教堂周圍以同心圓展開街道、小路、房子和建築物，羽絨被、牽牛花、康乃馨和紅色天竺葵妝點了每扇窗戶，整個小鎮被牆圍繞著，從上頭看就像是顆切割好的瑪瑙。而在那白色橋上有一輛暴

16 同註7。

衝的消防車，消防員的頭盔閃閃發光，喇叭手緊握金喇叭並大聲鳴叫失火了！所有的消防員穿著白色粗布制服，紅色的消防車轟隆隆地像樂隊般地過了橋，消防員緊握著螞蝗釘，站在轟轟作響的消防車上，消防車正滑進建築物和花園後面。

「你在戰爭前線時牧羊過，佩平大伯，那是眞的嗎？」我說。

「誰說的？」佩平大伯吼叫，並在框圍上坐下來，接著躺下來，把手放在頭下面。

「書報攤老闆梅利哈爾。」我說。

「難道書報攤老闆和殘廢的人可以參戰？」大伯吼叫。

「他們說，梅利哈爾在戰時是位司令官，昨天梅利哈爾司令官說，上帝保佑，如果有戰爭，那我要那個佩平來我麾下。」我說，並抓住避雷針，往下看著啤酒廠，我再一次感到奇怪，啤酒廠在小鎭的後方，四周都被牆包圍，就像是另一個小鎭。只是高高的楓樹和白蠟樹沿著圍牆分布，這些樹構成四方形，使得這座啤酒廠看起來像是修道院或是某種堡壘、監獄，因爲每道牆不只和帶刺的鐵絲網並排，每道牆和每根柱子最上面的磚塊水泥裡還埋著綠色玻璃瓶的碎片，從上往下看時，好像是紫水晶和莧菜在閃耀著。

「他怎麼可能看過……即使我眞的放牧過這些羊？」大伯說，並繼續躺著且看著天空，一隻腳掛在他彎著的膝蓋上並擺動著另一隻腳的腳背。

「用望遠鏡。」我說。

「難道皇帝會借給某位書報攤老闆望遠鏡嗎？」大伯說。

「就像梅利哈爾司令官曾經有過兩副望遠鏡。」我說。我看到橋上的人已經那麼多，多到好像是一群要飛往外地的燕子。橋上某個人用望遠鏡在看著我，我對著那個望遠鏡微笑。突然從底下吹來一陣風，我的頭髮開始展開，就像鴕鳥羽毛做的扇子那般，我看到，我的髮流是如何向上合起，在我整個人坐著的四周有某種光環，就像是在廣場上的黑死病紀念柱上的七苦聖母所有的光環……

「如果有戰爭，那會發生什麼事，如果梅利哈爾真的找我去他麾下，然後呢？」佩平詢問，我感覺他正在抗拒越來越強烈的疲倦感。

「他說，如果再有戰爭的話，他小小的手指頭只要做一個這樣的姿勢……並且喊：佩平 zu mir[17]！那你就會伸長舌頭飛過去，向他致意，並在他面前用一隻腳跪下。」我

17 同註7。

說。當我在敘述時，佩平大伯躺在有些晃動的煙囪圍框上睡著了，睡得很熟。我直到現在才從佩平大伯的躺姿意識到我們倆正在明顯地晃動，好像我們是坐在掛在天空中的某種鐘擺上。消防員從十字路口那裡飛奔而來，我從上往下看，馬匹好像發狂似的，套著馬具的馬後腳精神不振，前腳則直接從頭的部位往前伸，就像是蝸牛伸長觸角一樣。這些消防員所有閃閃發光的小玩意就像是小孩子的玩具，隨時有可能會碎成一片，而消防車的零件會像在特魯赫拉日街上那輛軍車上的手榴彈爆炸一樣四處飛射。在那指揮位置上站著消防隊指揮官德吉奧爾吉先生，他也是啤酒廠管理委員會的委員，我就坐在他的煙囪上，他是煙囪師傅，也是消防隊指揮官，因爲他的房子就是消防博物館。無論是什麼東西在什麼時候在哪裡被燒了，德吉奧爾吉先生會把一切都拍照存證，他還甚至陳列失火前的照片，所以在他家所有牆面上總是掛著一對對的照片，失火前和滅火後的母牛，失火前和滅火後的狗，失火前和滅火後的一位男性成人……所有的事物，所有的動物，所有的人，無論是被火燒到或是被火災影響到的，德吉奧爾吉先生都將一切拍下來，所以當他去啤酒廠時，他自然是爲了如果有一天啤酒廠倒塌了，他可以趕緊幫倒塌前和倒塌後的啤酒廠經理夫人照相……現在那消防樂隊開進了啤酒廠大門的轉彎處，車輪吱吱作響，消防車消失在辦公室後方，我想到消防隊員們也許可能連帶著馬一起翻車了。但是，相反地，他們現在正神聖莊嚴地吹著喇叭走出來，消防車則開進來緊靠在煙囪下……我想也許他們過一會兒會開始灑水，會將水灑得和煙囪一樣高，接著德吉奧爾吉先生會請求我踏上那噴灑中的噴泉頂端，然後他們會慢慢地開始關上水龍頭，而我將會隨著水流下降而降落到地面上。但是消防隊員們從消防車跑出來，跪下來，用斧頭向彼此致意，接著突然間展開一張大帆布，由六位消防隊員用力撐開那張大帆布，他們身體往後靠，眼睛往上看，但是也許是煙囪搖動的幅度太大了，所以消防隊員們得根據我可能的著地點拿著那張大帆布跑來跑去。

管理委員會的委員們駕著馬車集合，以往他們都是駕車小跑步前往集合地點，但是今天這些馬車從村莊和鎮上在馬路上加速前進。馬匹以小跑步和飛奔的方式加速前進，所有的馬車不像平時會在辦公室前停下來，所有的馬車都在啤酒廠的院子裡集合。那裡站著製桶工人、裝瓶工人、麥芽廠工人，所有人把頭往後仰並向上看著我，他們好像在等待著耶穌從天上回來，或是聖靈的降臨。啤酒廠管理委員會的主席先生，格倫托拉德醫生，現在獨自從十字路口過來。他是一位封建領主也是舊奧地利的支持者，他就像平時那樣坐在馬車上，戴著鹿皮手套的手抓著韁繩，頭上戴著獨特優雅的帽子，帽簷還壓至額頭部位，嘴裡咬著琥珀菸嘴抽著香菸，駕著黑色種馬到啤酒廠。同時他的馬夫帶著內疚的笑容懶洋洋地躺臥在長毛絨的椅座上，就像是一位紳士……

德吉奧爾吉先生在下方指揮消防隊員們爬上煙囪，但是卻徒勞無功，最後德吉奧爾吉先生決定自己一個人爬上煙囪。他白色的制服往上爬，停下來好幾次，接著繼續沿著螞蝗釘的梯子往上爬，直到他的頭盔在我的腳邊出現。

「佩平大伯。」我用腳搖一下大伯，大伯坐了起來，揉了揉眼睛，接著嚇一跳並跳起來抓住避雷針。德吉奧爾吉先生跳到圍框上，呼一口氣，脫下頭盔並用手帕擦汗。

「以法律之名，」他說，「尊敬的女士，請往下爬。您的大伯先生也一樣。」

「德吉奧爾吉先生，您不會覺得頭昏眼花嗎？」我說。

「我說，以法律之名，請往下爬。」德吉奧爾吉先生重複。

「德吉奧爾吉先生，您先爬？」我說。

「不。」德吉奧爾吉先生說，並往煙囪裡面看一眼，「因爲訓練的緣故，我會從煙囪裡面爬下去。」他補充。

我抓住避雷針，把腳放在螞蝗釘上，轉過身來，我的頭髮就像著火了一般，從深處吹來的風再一次隆起我的頭髮。我的頭髮最後一次展開，好像它們知道這是我金黃色的秀髮最後一次在啤酒廠煙囪上燃燒。我再一次用自己的頭髮——如同是巨大的金色聖體發光——來祝福所有那些在那個時刻看著我的人，連德吉奧爾吉先生自己也被他所看到的情景打動。

「我們都是這個奇特事件的目擊者，尊敬的女士，眞可惜女士無法當消防員。」他說，並拿起喇叭，那麼小的喇叭就像是查票員的剪票鉗，他吹起它，但是那喇叭聲是那麼地哀怨，好像是從屠宰場馬車上那被捆綁的小孩發出來的聲音。接著他親吻一下我的手，我就往下降了，我很快地往下，想要跑在我頭髮的前面，因爲我害怕踩到自己的頭髮並捲進頭髮裡而掉落深處。突然間，我看到樹木的頂端在自己的四周，接著我像是降落到樹枝當中，再從樹枝將自己的鞋子放置在堅固的地面上。

「那眞是美極了，」格倫托拉德醫生愉悅地說，「您值得一桶二十五升的啤酒……」

「不，是打二十五下屁股。」我說。

「您在那裡，他媽的到底做了什麼？」醫生先生詢問。

「就像您所說的，那眞是美極了，因爲那眞是美極了，所以也就很危險，因爲那很危險，所以那就絕對是我的……」我說。而弗蘭欽蒼白地站著，把頭埋在胸前，穿著長禮服，有著白色袖口和上過漿的衣領，以及甘藍菜葉形狀的領結。

機械師將煙囪的大門打開，煙塵灑了出來，那黑色閃閃發光的洞穴就像個涼亭一樣大。佩平大伯從最後一根螞蝗釘跳了下來，說：

「奧地利軍人又一次光榮地贏了，對嗎？」

但是，所有人都在看煙囪基底的黑色小空間。

「您在哪一團服務過？誰管您們團的？」格倫托拉德醫生詢問。

「萬武赫雷爾男爵。」佩平大伯敬禮。

「Rut[18]，」醫生先生喊，並補充，「經理先生，您的哥哥會些什麼？」

「他是合格的鞋匠，也在啤酒廠工作過三年。」弗蘭欽敘述。

「那麼，經理先生，安排您的哥哥工作，並讓他住在麥芽廠的宿舍。對付大聲講話的最好方法就是工作。」格倫托拉德醫生說。

在如同黑色洞穴的小房間裡出現了白色的褲管，褲管快要到那個太多煙塵的涼亭天花板那邊，那隻腳摸索找著螞蝗釘，但是那裡似乎沒有螞蝗釘，所以那褲管在那裡踩著，好像德吉奧爾吉先生正在騎著自行車。消防隊副指揮官命令消防員帶著救援大帆布跑進去煙囪裡，他們展開大帆布，副指揮官向上對著煙塵喊：「指揮官，請鬆開！我們在這裡！我們有救援大帆布！」

德吉奧爾吉先生鬆開了螞蝗釘，首先煙塵和煤灰從煙囪裡噴湧出來，溫和得像波浪似的煙塵土堆被噴散在煙囪前，接著就傳來咳嗽聲，已經幾乎變黑的消防員跑了出來，某個東西在大帆布上被抬出來，好像是捕捉到一隻巨大的梭子魚或是鯰魚。他們把大帆布放在地上，從煤灰和灰塵中站起來一位完全變黑的德吉奧爾吉先生，他笑著，白色的笑紋鞭打著他黑色的臉，德吉奧爾吉先生拿出他的小喇叭，並吹它一下，宣布：「我們以此認定救援工作完成。」

接著，他走出煤灰堆，伸出雙手接受恭賀，自信地來回走著，且歡天喜地動作僵硬。我知道，德吉奧爾吉先生將會憑藉著在煙囪內部降落這件事不只活個幾年，而是自己剩餘的整個人生。

18 同註7。

7

在麥芽廠的轉角處總是有股氣流，有股風，使我必須向前彎腰，或是轉過身躺在風裡，就像是坐進搖椅似的。那風會吸住我的頭髮，就像是貪婪的吸菸者吸住香菸的煙一樣。當我幾乎無法抵抗這氣流的殘酷，在麥芽廠大門旁卻有個與世隔絕的地方，讓我可以跪下來或是躺下來。然而，我總是很期待在空氣中的征戰，我必須在征戰中爭奪浴巾。有一次風奪走我的浴巾，所有我能夠做的只是伸長手抓住它。而氣流，有它自己的幽默感，它拉回我的浴巾，我再一次伸長手，當浴巾已經快要觸摸到我的頭髮時，風頑皮地帶著那浴巾跳得更遠一點。當浴巾再次往下掉，我為了它跳起來，但是拖長笑聲的風又把它往上帶，好像風箏在秋天的天空中升起，白色浴巾隨著風的節奏呈 Z 字形舞動，接著消失在麥芽廠上方的黑暗之中。然而那眞是美麗，再一次讓我和風融為一體，如同讓我沐浴在充滿薄荷糖香味的風裡。當我觸摸到門把時，感覺到門另一邊的氣流整個壓在門上，使得我也必須將整個身體壓在門上。然而，有幽默感的氣流突然間靜止，使我跌到黑暗的走廊上且膝蓋著地。有一次我踉蹌地撞上一位麥芽廠工人，他跌倒了，但是他在跌倒的同時仍然很熟練地緊握住的煤油燈，沒有讓它摔碎。然後，我張開一手擋住風暴，一手觸摸到機房的門把，油和大麻纖維的香味向我襲來，好像沐浴般地被溫暖包圍住。我關上門，摸摸鑰匙並鎖上。接著我點燃了蠟燭。巨大的配電板輪軸在模糊幽暗中描繪出銀色的弧形，被拉緊的配電板電纜因為上過油而閃閃發光。發電機和馬達像是肥胖的非洲動物，油壺則像是啄食河馬身上昆蟲的小鳥。我慢慢地脫下衣服，同時轉動熱水的水龍頭，那熱水從巨大的鍋爐流出，並流入被砍一半的一萬升裝的木桶裡。我脫下衣服並聆聽著，那氣流如何嘯嘯吹過麥芽廠的地板，一直吹到烘乾室，那裡的百葉窗砰砰地響著。我進入那個木製的大浴盆裡，水總是那麼燙，我必須轉開冷水的水龍頭。我蹲下來坐著，但水是那麼地燙，燙到我的牙齒咔答作響，一直到當冷水和滾燙的水混合了，我才慢慢躺下，伸展整個身體。我躺在被砍一半的木桶裡就像指南針裡的針一樣。我看著上方的木材結構，往上延伸的白色鍋爐在那裡隱沒。我作夢，我開始作夢，我在熱水裡緩慢地溶解，像是肥皂粉漂浮在熱水裡似的，我放鬆所有的四肢，我琢磨著每一條桌巾和床單，聯想到過往的生活都和它們綁在一起。我打開所有的籃子、箱子和櫃子，我很久以前的畫面都在裡面，這些畫面隨時都準備好讓我參觀。那麼美麗的畫面，只是沒有顏色，這些畫面只有在這沐浴時才能眞正的收尾並精確地上色。這是我的電影，當我眼睛閉上時，這些電影才會呈現在銀幕上。電影，它的編劇和導演拍攝了我的人生。電影，我在裡面擔任主角，我，來到這裡的我，在木製浴盆裡，我在裡面躺著……我是個有著稻草般辮子的小女孩，在馬路中間玩著小石頭，從它們之中拿一顆並丟出去，抓住剩下的三顆，接著還來得及抓住往下掉的第一顆小石頭。轟隆聲靠近，恰巧在那時我跌倒躺在地上，拋開了那四顆鵝卵石。天空變暗，在我上方漂浮著可怕的馬嘴、皮帶扣和韁繩。馬蹄閃過我，馬蹄上的馬蹄鐵還閃閃發亮。我閉上眼睛，乾掉的泥巴噴濺到我身上，那轟隆聲繼續傳送著，我站起身並看到嘎嘎響的馬車被發狂的馬匹拉著。我抬頭看到藍色的天空，在天空中看到擔憂的爸爸正在我的上方探頭。我是個在田野小徑上玩小石頭的小女孩，爸爸總是喜歡把我帶離建築物，以防我出事。我看到兩名軍人如何從森林裡跑來，我看到他們沿著我玩耍的草地小徑跑，這些軍人跑得像是兩匹逃逸的馬。我躺下來以免被踩踏，我看到這些軍人是如何地跳起來，我看到在自己上方的鞋底滿是釘子。軍人的影子轟隆隆地跨過我，軍靴的踏步轟隆隆響且沿著草地小徑離去。我坐起來看到軍人如何跑向小溪，他們停下腳步，不走那裡的橋，而是踩著綁在鎖鏈上的木梁過河。軍人們舉起雙手，就像是我睡床上方的那兩個守衛天使的翅膀，他們跑過另一邊，接著繼續跑，我最後看到的是他們鞋底朝上的閃亮鞋釘。現在他們消失在森林的轉彎處。軍人們已經消失很久了，但我還是一直想著他們。我現在看著自己蹣跚地走向小溪，我將我的小鞋子放在筏木上，我看到小溪裡的水漩渦，我張開手沿著筏木跑，但是在中間的地方筏木使我滑了一下，我掉進水裡。我用力踩著水深處，就像媽媽踩著她的縫紉機一樣，但是我就是無法踩到底部。首先我喝了水，然後也許是我喝太多水足以讓我淹死了，我只看到我的頭髮是如何散開且飄盪在小溪的底部，與綠色的水草以及水裡未開花的花苞混在一起。我非常非常地睏，我沒有辦法閉上眼睛，一切都充滿亮光，我好像是透過厚重的眼鏡看著我上方的天空……接著，我醒了過來，我看到淹死是如此美麗，就像我在家裡，躺在天堂裡的小床上似的，那床和我們以前擁有的一樣，我看到我的手放在媽媽的羽絨被上。在我對面掛著守衛天使的圖畫，那圖畫和我們家的那幅畫一樣，接著媽媽走過來，說：「就進來吧，孩子們，進來吧……」鄰居的女孩們跑進廚房，現在我知道我已經淹死了，因爲那些喊我小瑪麗的女孩們——而我叫她們小赫德維卡、小埃娃和小博日娜——將聖像放置在我放在羽絨被上的手旁邊。我的床四周有那麼多守衛天使的畫像。小赫德維卡對我說：「媽媽告訴我妳淹死了……」接著她又放置另一個聖像，而我說：「妳爲什麼要給我這個聖像？」小赫德維卡說：「這是放在死去的小女孩的棺木裡……」我哭了，因爲這表示我眞的已經死了。但是，接下來我媽媽帶來甜點。當媽媽看到這麼多聖像時，她說：「但是，女孩們，小瑪麗沒有死，米哈勒克醫生從她身體裡面倒出所有的水，用他自己的呼吸把新的生命吹進她的身體裡面……」女孩們很失望，她們對於將不會有葬禮以及我沒有死這些事感到遺憾，因爲她們已經看到她們自己穿著用窗簾做成的白色洋裝，手裡拿著正在燃燒的大蠟燭，那用紫薇裝飾的蠟燭。銅管樂將會憂傷地彈奏著，女孩們將會列隊遊行，她們的頭髮將會上過髮卷，她們將會哭泣，因爲我淹死了……但是，現在遊行已經結束，哭泣也停止了，這一切都要怪那兩個女人，她們去溪邊沖洗衣物，並把我從水裡拉出來帶回家……爸爸這一次非常憤怒，啊，沒有人可以像我爸爸那麼生氣，媽媽一年買了四個櫃子，是向二手商店買來的舊櫃子，當爸爸生氣時，媽媽會立刻帶爸爸去涼亭，放一把斧頭在他手裡。爸爸首先會打碎櫃子的背板，接著用力敲打並詛咒其餘的櫃子，在盛怒下把櫃門劈開，然後再從側邊拆除整個櫃子，就像在拆火柴盒一樣。過了半個小時之後，他已經把櫃子砍成小木頭了，所以媽媽總是有這麼多的木頭可以丟到爐子裡取暖……我聽到爸爸因爲我溺水而大叫、生氣，因爲我一直不是個端莊的女孩，因爲別的女孩不會做這樣的事。

所以我嚇到了，我滑出羽絨被，穿上衣服，跑出去到院子裡，在那裡停著一輛貨車，我爬上貨車後方，那裡的小窗旁有個木桶，我滑進那個木桶裡，待在那裡很溫暖，所以我就睡著了。當我被吵醒時，我聽到貨車在行走的聲音，當我起身，我透過小窗看到天色已經暗了，緊靠著小窗的是一頂男用帽子，當我從側邊一看，我看到那是布拉貝茨先生。我伸手過去在布拉貝茨先生的耳朵上搔一下癢，說：「布拉貝茨先生，我在這裡……」布拉貝茨先生鬆開了方向盤，接著尖叫，車子急劇地停下來，以至於我蹲踞的、與肩齊高的木桶翻倒了，我滾出來到車廂地板上，接著從地板到地面上。我在公路上站起來，拂去小裙子上的灰塵。布拉貝茨先生跑來跑去並大叫跺腳。我說：「布拉貝茨先生，是眞的，我在這裡。」但是，布拉貝茨先生呻吟崩潰，當警察來到時，他們爲布拉貝茨先生蓋上毯子，但是那毯子太小了，其中一位警察必須將衣服脫掉近乎赤裸，並躺在布拉貝茨先生身上讓他取暖。後來有位警察在警察局告訴我，我有可能會害死一個人，我想起爸爸，想起他可能會再砍壞一個櫃子，警察給我一件毛皮大衣放在地上，接著拿起繩子把我的腳和桌腳綁在一起，我躺在那裡哭泣著，滿是鞋釘的鞋底在我前面搖晃著，一條腿跨過另一條腿，我的腳和桌腳被綁在一起。接著，我睡著了，而我的爸爸在我面前出現，跪著且將身體靠在兩隻手臂上，使得那兩隻手臂看起來好像是他的腳一樣，他把我從桌腳解開，當他用手拉我起來時，警察不斷地責備他，以至於爸爸拿起繩子，用那根繩子繞住我的脖子。我大哭喊著：「爸爸，我不想被您吊起來。我不要被吊在樹枝上那麼久才死去……」有隻公貓吃掉了爸爸自己預備要吃的肝臟，於是爸爸把公貓吊在樹枝上，公貓在那裡直到第二天才死去……爸爸用繩子領著我去搭火車，當爸爸像是用繩子牽頭小牛似地領著我回到家時，爸爸向所有人述說我不是一個端莊的女孩，說他必須用繩子領著我，像是領著一頭惡犬……爸爸回到家裡，媽媽一看到爸爸，立刻給他一把斧頭，我預估爸爸會把我的頭砍下來，就像他砍下火雞和母雞的頭那樣。但是爸爸直接衝到櫃子那裡，用力一揮把櫃子的背板砍碎，再用自己身體從側邊一擊，櫃子其餘的部分也粉碎了，被砸爛的櫃子攤在地上，就像被踐踏過的箱子……我全身塗滿肥皂地躺在泡沫裡，我幫自己塗抹肥皂卻渾然不覺，回憶起躺在時間深處的畫面，畫面不斷地返回，變得清晰，不斷補充增加。我是個有頭蓬鬆飄逸長髮的六歲小女孩，我只用個藍色蝴蝶結在頭頂綁住頭髮，爸爸已經一整年沒有因爲我而砍碎任何一個櫃子了。一個星期日的中午，我在小廣場上散步，窗簾在敞開的窗戶那裡飄盪著，傳來餐具和盤子的鏗鏘響聲，食物的香味隨風飄來。爸爸昨天買了件水手小洋裝和一把雨傘給我，我站在噴泉前面，接著，我往前傾，看著自己頭髮的倒影，也看到閃閃發光的硬幣在噴泉的底部。我們這裡相信，往噴泉丟擲錢幣的人可以許願，而且願望會實現。爲了安全起見，我往噴泉丟擲了兩枚二分錢硬幣並許願我永遠再也不會溺水，永遠不會再從家裡逃跑，希望可以成爲一個端莊的女孩，尤其在爸爸買給我這麼美麗的洋裝和雨傘之後。我跳上噴泉的邊緣，希望可以看得更清楚這件水手外套是多麼地適合我，我環顧四周，沒有人在走動，沒有人從窗戶往外看並去向我爸爸告狀。我跳上噴泉，而當我向前傾的時候，我看到了那美麗的小褶裙以及白色小襪子和閃亮的鞋子。我甩了甩頭髮，當我再往水面看自己一眼時，我失去了平衡而掉進噴泉裡，水就像是隻巨大的魚吃掉小魚般地吞沒我。我再一次踩著閃亮的鞋子尋找噴泉底部，但是噴泉的底部在更深的地方，比我的身高還深，我再一次浮出水面呼吸空氣，但是我卻害怕呼救，因爲爸爸應該會很生氣。我往下沉並越來越接近天使們，我再一次被明亮的甜蜜世界所包圍，我就像隻掉進蜂蜜裡的蜜蜂，我看到我的頭是如何緩慢地往下掉，直到底部。我在眼睛旁邊看到那枚二分錢硬幣，那枚我許願後丟擲到噴泉裡的硬幣，我許了個永遠不會再溺水的願望。小裙子如此隆重地飛騰起來，我的頭髮掠過臉頰，接著再一次緩慢且隆重地漂回來。然後，我想睡了，我慢慢地移動雙腳，非常慢，比媽媽踩縫紉機的速度還慢很多，最後我看到小泡泡從我的嘴巴裡升起，好像我是瓶蘇打水或是礦泉水似的……然而，再一次，我沒有淹死。一位太太看到我，克拉索娃太太，她已經坐在輪椅上十年了，並且有胃潰瘍的毛病，當我掉落水時，她那時正從窗戶往外看。攝影師波柯爾尼先生跑過來，帶著刀叉，下巴下還有餐巾布，他向我跳過來並把我拉出水面。我在噴泉的階梯上醒來，我記得那時在下雨，我拿起雨傘並打開它，然而天空閃耀著正午的太陽，並傳來正午的鐘聲。波柯爾尼先生在我身體的上方往前傾，他的餐巾布在滴著水，還有幾片白菜滑下來，他用刀叉輪流地威脅我，如果他的午餐冷掉了，那他還會來處置我，因爲端莊的女孩，如果她想要淹死自己，她會選個好時間完成這件事，而不是在正午時分，當第一份鵝肉才剛上桌的時候。我看到所有的窗戶旁都站著穿著襯衫的小鎮鎮民，他們每個人一隻手握著叉子另一隻手握著刀，所有人都往下看著我，他們看起來很生氣，並且表現出一副他們非常想用叉子插住我，接著再用刀子把我切片的樣子。我站起來，從我身上猛然湧出那麼多水，多到讓我以爲爆發了傾盆大雨，我鞠了個躬，我並不是在開玩笑，而是承認且知道我不應該這麼做，尤其是在星期天的中午，當第一道鵝肉在烤盤上時……現在我躺在啤酒廠的浴盆裡，一個用砍一半的一萬升裝的木桶所做的浴盆，某個人從後院往上走到麥芽廠的宿舍，佩平大伯也住在那裡，從麥芽廠的宿舍傳來他可怕的吼叫聲：Do re mi fa sol la si do... 接著是下降的音階。Do si la sol fa mi re do，這聽起來像是帶著肥皂殘渣的水正在往外流的聲音。某個人從後院往上走到麥芽廠的宿舍，好像是那位年輕的麥芽廠工人，他的衣服被汗水浸濕了，他一隻眼睛的下方有個被撞傷的紅眼圈，好像是眼睛撞到望遠鏡而落下的印子，被撞傷的紅眼圈就像是個郵局印戳。一定就是他。他現在把襯衫搭在肩膀上且緩慢地往上走，一隻手提著球根形燈，就像是象徵帝權的皇帝蘋果，另一隻手拿的是火鏟，就像是根權杖，他就這樣地往上，他在休息的地方停下來，並唱著那首甜蜜的歌曲……這愛情已經，已經離去，曾經擁有過這麼短暫的時光，我親愛的美人啊……已經不再有了，之後什麼都沒有留下……消失在尼姆布爾卡小鎮旁的深谷裡……我很快地穿好衣服，用浴巾包好我的頭髮，用力吹熄蠟燭，接著走出去進入黑暗，我的手在面前伸長摸黑，直到看到黯淡的亮光在後院深處的走廊轉彎處閃爍著，潮濕的階梯被黃色的線條覆蓋著。從後院傳來溫柔的旋律，火鏟在潮濕地板上的拍打聲，被鏟的大麥發出有韻律的斷斷聲……再一次，那歌曲就像是漲潮般……這愛情已經，已經離去……我在灰暗中站了一會兒，接著我走下幾級階梯，大麥發芽而產生的溫暖輕拍上我的臉頰，兩盞球根形燈照亮大麥堆，木製三腳架上的煤油燈被放置在大麥堆的中間。年輕的麥芽廠工人上半身裸著，以小步幅迅速移動著腳步，從一邊鏟起大麥，並把鏟起的大麥丟擲到另一邊，在背後留下了犁溝。那支在工作中的木製鏟子就像船隻，將眼前的海浪分開，但是在後面卻留下平滑收尾。那位年輕俊美的麥芽廠工人每一步鏟起金黃色大麥，他背上的汗水便隨著每一鏟而越來越閃亮……這愛情已經，已經離去……男子的聲音繼續充滿著後院那呈圓拱形的低地，被黑色鐵杜形成的四條大道所包圍的圓拱形低地……年輕的男子現在如同耶奇米內克國王[19]般地直立著，他眼睛下方的紅眼圈像是個眼鏡鏡框在閃閃發光，他的身軀完全被水銀般的汗水浸透……而我繼續聽到那首歌，另一個人在唱著那首悲歌，在隔幾個大麥堆那裡工作的某個人，第二個球根形煤油燈在那裡立在木製三腳架上……年輕的麥芽廠工人用整個手掌擦臉，並抹去了滿手的汗……我繼續走著，我的腿在顫抖。那裡有位小人兒在翻動大麥，看起來比較像是退休的騎師，穿著工作服並戴頂貝雷帽。他已經將大麥鏟成一堆，現在拿起鏟子，把大麥鏟到邊緣，接著再次轉換成麥芽廠工人的快速步幅。那個人幾乎是用跑的，他使勁地鏟起大麥，鏟子留下了精準切割的邊界。當這小小的麥芽廠工人完成了工作，他彎下腰，在角落用鏟子交叉地印上像是自己的簽名似的。他站起身並優美地唱著……曾經擁有過這麼短暫的時間，我親愛的女孩啊……已經不再有了，之後什麼都沒有留下……那是伊勞特先生，麥芽廠小工人，當他遇見我時，他總是很愧疚地問候我並且微笑著。弗蘭欽說過關於他的事，伊勞特先生在年輕的時候是位藝術家，在遊樂場上擔任被大砲射出的工作，他隨著鼓聲被綁在一件藍色緞面小西裝裡面，被放在木製的砲架上，然後表演者助燃冒著藍煙的導火線。當傳來震耳欲聾的鼓聲，火焰從大砲口噴出，活生生的伊勞特先生手臂側舉，當他抵達發射彈道的頂端，他展開雙手，接著掉落到準備好的彈簧床上，四處散發笑容、彩色紙玫瑰以及飛吻。當他一著地，他跳起來，在彈簧床上彈跳並鞠躬，接受每個遊樂場與市集的掌聲。有一次伊勞特先生被裝上大砲，當他被射出去的時候，伊勞特先生來到發射彈道的頂端，他伸開雙手，頭朝前方緩慢地掉落下來，他看到他已經離彈簧床有一段距離，因爲這一次砲架的衝擊力道比其他時候都來得強勁些，伊勞特先生仍然散發笑容、彩色紙玫瑰以及飛吻，只是自己砸到了柵欄後面的木材堆上。一年後，當伊勞特先生的骨頭被接好了，他已經不想再四處散發飛吻和玫瑰，他放棄了藝術家生涯，就像是已經無法通行的貨幣那般，當他復原得差不多了，他已經在啤酒廠從事麥芽廠工人的工作八年了……這愛情已經，已經離去，曾經擁有過這麼短暫的時光……

19 根據摩拉維亞地區的傳奇故事，為捷克啤酒麥芽廠工人的保護神。

8

佩平大伯已經在啤酒廠工作三個禮拜了；製桶工人接納了他，啤酒廠從那時候起便充滿著歡樂的氣氛。當我有空時，我拿起桶子並走過啤酒廠的院子去取些酒糟，領班先生會好奇地盯著我看，好像在詢問我他是否該拿兩升裝的啤酒來，我點點頭，同時從馬車上取了些酒糟。製桶工人們手裡握著上午的點心，佩平大伯躺著並在胸膛上放個二十五升裝的空啤酒桶。當佩平大伯唱著：「Do re mi fa sol la si do!」製桶工人們笑到快爆開，差點被有塗抹的麵包屑嗆到。

製桶工人的助手跪在佩平大伯面前，「佩平先生，現在換唱下降的音階，就像是察魯沙和馬札切克練唱時那樣！」

佩平大伯清清喉嚨，並可怕地尖叫：「Do si la sol fa mi re do...」

當工人們開始對這吼叫感到不耐時，製桶工人的助手說：「現在，佩平先生，請唱高音C。」

製桶工人們站起來，傾身往佩平大伯看，佩平大伯尖叫喊出高音C，製桶工人們吼著大笑，手裡拿著塗抹好的麵包笑到躺下來，接著又跳起來，差點被麵包屑嗆到，只好靠在製桶的地方咳嗽，以免笑到窒息。

一位麥芽廠的老工人日帕在院子的中間烘烤著用來製成黑啤酒的麥芽。他坐在椅子上，轉動掛著黑色鼓形圓桶的輪軸，燃燒的木炭在桶子下方發出藍色、粉紅色和紅色的亮光。披散著灰白頭髮的麥芽廠老工人，莊嚴且規律地旋轉那被煤煙包裹的球體，好像是古老神話裡某位與地球相關的天神。

製桶工人助手往前靠近大伯，說：「現在，再一次，就像是最後一次的呼吸練習，佩平先生，請唱高音C，但是從身體裡面發聲……注意，請不要大便到四角褲上，也就是請不要大便到褲子上！」

佩平大伯深呼吸，吸氣，製桶工人們往前靠近他……大伯從他身體裡面唱出了那個高音C，如此長的音，好像門吱吱作響。他用盡全力唱那個高音C，從身體裡面發聲唱了一分鐘。接著因爲他實在是累壞了，所以他張開雙手並吐氣，在他胸膛上的木桶被舉了起來，如同音樂學校的教授將書本擺在躺在地毯上的學生胸膛上一樣。

我帶著裝有酒糟的桶子走到鍋爐房被打開的門附近。鍋爐圓筒狀的下半部在灰暗中閃閃發光，灰坑則因爲爐子裡正在燃燒的木炭而閃耀著番紅花的顏色。燒成紅色和紫色的木炭以及藍綠色的灰燼掉落至發亮的灰坑裡。在旁邊的黑暗中發光的是打開的米色鍋爐，工人像是在母親子宮裡的小孩那般盤踞在那裡，他們正以這種盤踞的姿勢敲除鍋爐中的水垢，兩顆燈泡鮮明地照耀著工人盤踞而成的弧形。他們在灰塵裡工作的同時還在歌唱，身體被燈泡的電線纏繞如同臍帶纏身。每次當我在陽光下瞥見那發亮刺眼的橢圓形，以及被工人用槌子一塊又一塊敲下來的水垢，我想，每個經過這裡的人應該都會被這畫面驚嚇到，但是卻沒有任何人會因此停下腳步，沒有人會因此感到難過。那些工人也不會爲自己感到難過，他們整整十四天像隻啄木鳥似的以盤踞的姿勢輕敲著硝石，竟然還在歌唱。

製桶工人的休息時間結束了，工頭像個牧羊人站在羊群間，在他周圍有著數以百計的桶子。他身體往前傾向其中一個桶子，他仔細端詳它，接著，他挺直身子，從木桶內部盤繞的線上舉起正在燃燒發光的蠟燭，接著又在下一個木桶前彎腰，將蠟燭放到木桶裡面，小心翼翼地檢查木桶是否可以裝啤酒，或是必須塡塞防漏，也就是必須塗上瀝青。佩平大伯站在巨大的火爐旁，把無煙煤和焦炭添加進火爐裡，用以加熱瀝青。那火爐在黑暗中轟隆隆響著，從它彎曲的短小煙囪裡飛射出有著藍色邊緣的紅火，火焰裝飾著斷斷作響的綠色光環，就像是用來幫結冰的U形水管連接處解凍或是用來去除舊油漆的噴燈火焰。

馬夫將潮濕的啤酒桶裝上馬車，並拿出一桶桶的冰，工頭先生遞給我一杯橘色色澤的啤酒，啤酒杯上滿是一滴滴冷凝後的水蒸氣。我意識到工頭先生並不喜歡我，因爲如果他喜歡我的話，他不會只給我一杯啤酒，而是應該給我五杯啤酒或是更多。只是如果我喝了它並且喝光它，工人們將會看到經理先生的妻子是多麼容易酒醉。但是我還年輕，年輕超越一切，所以無論我做什麼，想做便去做，只須先問過自己是否贊同。而我那身體裡面的贊同，就是來自於我的導師，我的導師存在我身體裡面靠近心臟的某個地方。因此一旦受到導師的指示，那贊同便會立即流通到我全身的血液裡，讓我的手也伸出來握住啤酒杯，津津有味地喝著。這啤酒如此好喝，讓馬夫停止將木桶裝上馬車，反而盯著我看。我就這樣站在坡道旁喝著啤酒，有馬站在我身邊。埃德和卡雷好像很瞭解我似的，牠們的鬃毛以及那有力尾巴的顏色就像是金黃色啤酒的顏色。現在，坐在啤酒廠院子中間的老日帕將輪軸放開，專業地看一下烘烤過的麥芽並點點頭。他拉一下手把，把黑色鼓形圓桶從炙熱的木炭那裡挪開，小心翼翼地用槌子鬆開卡鎖，倒轉手把，把烘烤過、熱熱的麥芽撒在黑色的篩子上，頓時迸發出麥芽的香味。那香味一定是傳送到廣場那裡去了，行人們轉身朝向啤酒廠。麥芽廠老工人滿意地喃喃自語，並用木製的撥火棍耙著那些烘烤過的麥芽。

佩平大伯站在加熱瀝青的火爐旁，對著我笑。他穿著皮製圍裙，背後的火爐轟隆隆響，那火爐危險而炙熱，就像是朱爾·凡爾納[20]小說中某個奇幻的火箭準備要飛到空中似的。佩平大伯背後嘶嘶作響的火焰是那麼無可救藥地美麗，我看看周遭，沒有人對這一切感到驚嘆。製桶工人的工頭走過來，並開始朝著佩平大伯的腳邊放下木桶，佩平大伯拿起每個木桶，將它們舉起並放在大腿上，將需要填補的洞卡在噴嘴上，再壓一下腳踏板，滾燙的瀝青便噴進木桶裡。佩平大伯拿起木桶，並放手讓它自由落下，木桶緩慢地滾動，伴隨著瀝青的藍煙，看似纏繞木桶的藍色蝴蝶結，又好像是纏繞在猶太法師手臂上的聖潔絲帶。當木桶在下方停下來了，製桶工人的助手便拿起它們或是用踢的，把木桶慢慢地放到轉動的輪軸上，一個木桶挨著一個。所有的木桶現在都在旋轉著，藍色的煙纏繞著它們，就像那些環繞在聖徒頭頂的小圓圈。

一如往常，每當我看著一切和火有關的工作時，我便會感到口渴，我的舌頭會黏住上顎，嘴裡只有取代了唾液的菸草紙味道，我舉起啤酒杯並嚇了一跳，那啤酒杯差點被我丟到空中，我原本以爲啤酒杯裡還有很多啤酒，但是當我拿起杯子時，杯子卻是那麼的輕盈，因爲我已經將啤酒喝光了。工頭先生屈膝從我這裡拿走啤酒杯，他笑了一下走進發酵室，我知道他會爲我一次現榨好一杯啤酒，滿滿的一杯，也許他會幫我先倒一半的淡啤酒，然後再用黑啤酒倒滿，這樣的混啤酒是某種會讓整個身體都大聲讚揚的好東西。比利時閹馬嗖地揮動像大麥般閃亮的尾巴並輕嘶一聲，馬夫拿著兩罐啤酒從發酵室跑出來，他給每匹閹馬一罐啤酒，牠們用牙齒提著罐子，拉緊馬勒地喝著，喝到牠們都向上高舉頸背，直到喝下最後一滴啤酒，當牠們喝完了，牠們丟掉罐子並發出歡愉的馬嘶聲，接著用蹄耙地，速度快到幾乎看不見馬蹄的零碎火花。馬夫笑著並對我點點頭，我也點點頭，而馬匹也點點頭，工頭先生現在屈膝從坡道遞給我啤酒杯，我聞了聞啤酒泡沫，接著再點點頭，佩平大伯開始歌唱：「哦，菩提樹，哦，菩提樹啊！」

製桶工人的助手叫著：「佩平先生，您知道當您在民族戲劇院演唱普日米斯爾時，

20 朱爾・凡爾納（Jules Gabriel Verne,1828~1905），著名的法國科幻小說家。

那將會是多麼光榮啊？」

佩平大伯點點頭，把木桶安裝上噴灑滾燙瀝青的輪軸，他的眼淚掉在圍裙上，製桶工人的助手繼續說：

「我向您保證，當首演到來時，單單從這個啤酒廠去觀賞的人就會坐滿一輛開往布拉格的巴士，所以您必須繼續練習，現在放在您胸膛上的二十五升裝的桶子將被五十升裝的空桶子取代。」

「或者一百升，或許二百升，只要我能夠達到察魯沙和馬札切克的水準。」佩平大伯大叫。

「這就是一半一半。」我望著罐子裡面並對自己說。接著我緩慢地啜飲著，抑制住將整杯啤酒倒入自己口中的慾望，慢慢且甜蜜地將那閃亮的淡啤酒混著黑啤酒喝下。這就是麥芽廠工人所說的「一半一半」。我慢慢且溫柔地喝著。正如夏天傍晚在啤酒廠後面的某個地方，某個人緊閉著雙眼，坐在黑麥田邊，甜蜜地用小號只爲自己吹奏悲傷的歌曲，發亮的樂器在他黃銅色的手臂上顫動。就這樣一直到晚上，他的頭輕輕地往後仰，爲自己吹奏著悲傷的歌曲。

製桶工人的助手揮手說：「佩平先生，您知道誰將坐在包廂裡嗎？您的弟弟以及弟妹夫人。市長楊達克先生，就是那位會到酒吧查看女孩們是否按照規定有英俊的小伙子作伴以及漂亮的小腿，只是很遺憾您的父母親無法等到這個光榮的日子！要不然應該會很高興！」

佩平大伯開始大哭，用圍裙擦拭眼淚並點點頭，製桶工人的助手繼續無情地說：

「然後，在演出後，佩平先生，女孩們將會為您拋擲花束，新聞記者將會訪問您：先生您是從哪裡得到這些天賦的？您會如何回答他們呢，佩平先生？」

「我會回答這是上天的禮物。」佩平大伯大喊，並用雙手摀著臉哭泣，在旋轉臺上的木桶繼續轉動著，從每個木桶被填補的洞裡流出溫柔的唾液，每個木桶隨著旋轉在周圍形成有彈性的藍色圈圈、紫色輪子和霓虹項鍊。

製桶工人的助手莊嚴且隆重地繼續說：

「或許您接下來也必須告訴新聞記者，梅利哈爾司令官指導過您的聲音技巧，他年輕時曾在維也納歌劇院歌唱過……」

製桶工人的助手還沒說完，大伯便大叫且高舉雙手擺動：

「放屁！皇帝不會帶書報攤老闆去歌劇院，如果會，也是帶他去廁所，而不是像您說的那樣。等著瞧吧，梅利哈爾，哪天我到你的書報攤附近，我就會朝著你的窗戶丟個小箱子！」

製桶工人的助手轉一下木桶並抓住它，煙上升至製桶工人的胸膛，纏繞在他的臉頰周圍，製桶工人叫喊：「但是，梅利哈爾曾說過，當他一看到你，他就會準備好胡椒，而且當你一彎腰，他就會將胡椒吹向你的眼睛，接著梅利哈爾還說……」

「說什麼，什麼？」佩平大伯吼叫。

「他只需要跑出來，就可以對你做任何他想做的事，一路把你踢到啤酒廠。」製桶工人的助手大膽地說。

「什麼？我，一位奧地利軍人，被授予軍階卻沒接受，而且還帶著司令官軍刀的我？我們等著瞧吧！當我一到那個書報攤，便會立即將它整個拆掉，並從橋上把它丟進易北河裡！」大伯喊著，拿起木桶並舉到膝蓋上，當他將木桶一放上噴嘴處，卻沒有把要塡補的洞對準好那噴嘴，便踩下腳踏板。我把啤酒杯拿開，放在坡道上，並擦拭我的嘴巴。我一開始以爲我所看到的景象是因爲我喝了「一半一半」。眼前的製桶工人助手、工頭與恰巧經過的機械師傅，以及在轉動輪軸烘烤新麥芽的老日帕，所有人都開始跳舞，他們正拉扯自己的臉並拍打自己的腿，全部亂跳一通。乍看好像是摩拉維亞斯洛伐克炫麗的舞者，但是因爲老日帕不能離開那個手把，因此他一邊轉動輪軸一邊拉扯自己的臉，雙手輪流交替揮舞，同時還得轉動那個黑色球體，因爲那個鼓形圓桶裡還在烘烤著麥芽。直到最後，他拉一下手把，將圓桶從木炭的乾渴炙熱裡移開，開始和製桶工人們一起拍腿亂跳著，好像被數以千計的蚊子叮咬似的。

製桶工人的助手尖叫：「佩平先生，停止噴灑瀝青！」

佩平大伯的腳繼續往下踩，但是卻一直沒有對準，現在他終於踩到腳踏板了，而我也到現在才清楚地看見從噴嘴噴灑到四周的，這些像小水滴的滾燙瀝青是如何凋零枯萎。所有這些精緻細小的琥珀枝條，上面還飛濺著像玉蜀黍、像金黃米、像令人厭惡的昆蟲的小東西，所有這些枝條全部掉落到啤酒廠院子裡的塵土裡，製桶工人從臉上、手背上和脖子上撕掉一小塊一小塊乾掉的瀝青，並且生氣地看著站在巨大火爐旁的佩平大伯。那火爐仍然從它彎曲的煙囪裡冒出劈啪作響的短胖火焰。佩平大伯扭著他燒焦的手指，盯著地上看。

製桶工人的工頭說：「那麼，小夥子們，該回去工作了，好讓佩平先生可以早些去找女孩們。」

9

這個時尚潮流開始於納克尼日齊飯店。軍人們帶來某種機器。學校主管在早上九點就已經召集好學生，所有的機關行號也都參與其中。隨著時間推移，好奇的隊伍進入飯店大廳，軍人給每位鎮民那種放在耳朵上的聽筒，那聽筒就像是電話的聽筒，從那聽筒裡先是傳來劈啪聲，接著傳來銅管樂隊的音樂。那音樂總是演奏著〈科利內，科利內〉，一點也不好聽，好像是從年代已久且已受損的留聲機唱片所傳出來的聲音。然而這音樂正在布拉格演奏，它透過空氣，沒有經過電纜，好像線穿過針眼那般直接地傳到我們小鎮上的聽筒。每個聽到這音樂的人，在從飯店後門走出來之後，都會因爲這個沒有經過電纜而傳來的音樂，這個由克莫赫的科林銅樂團所帶來的演奏，感到暈眩。飯店前的隊伍長到橫跨整個廣場，並且蔓延至主要街道，還一直往下到斯沃博達先生的麵包店。當排隊的鎮民在還沒聽到廣播的情況下，看到那些已經經歷過這革命性發明的人帶著某種幸福與驚訝的表情，他們在隊伍越接近納克尼日齊飯店大門時，越來越滿懷期待。

雜貨店老闆克尼日克先生喜歡演說，立刻命令他的女學徒把梯子拿來。他站上梯子並對鎮民們解釋：「親愛的大家，您們待會聽見的東西，那是個發明，我們公司將會努力把這個發明推廣到每個家庭，使每個家庭在一年或兩年之內都擁有這部機器，並以最可能的便宜價格購入，使每個家庭不只可以聆聽音樂，也可以聆聽新聞。我並不想要做任何預測，但是這個發明將會讓我們不只能聽到來自布拉格的新聞，也許也可以聽得到來自布爾諾的新聞，或許連來自皮爾森的音樂也可以，如果再大膽一些的預測，甚至是來自維也納的新聞和音樂也可以！」克尼日克先生在梯子上喊叫。

從事供應小鎮煤炭與木頭行業的札拉巴先生帶著手推車和自己的助手來到梯子旁，當他聽到克尼日克先生所說的話，他的助手必須保持手推車的平衡，因爲他沿著橫木跑上手推車的頂端，轟隆隆地叫喊並指著克尼日克先生，說：「看看他這個小資產階級！他只爲自己的生意算盤著想！鎮民們，那個發明不只能夠建立城鎮之間的瞭解，還可以促進國與國之間的瞭解，我們歡迎有助於全人類的廣播！進而促進各大洲人與人之間的瞭解，所有種族，所有民族！」札拉巴先生喊著，並在空中揮手，他的助手站在手推車的車桿上以保持平衡，但是當他看到被丟棄在人行道上的菸蒂，他無法克制自己便飛奔過去把它撿起，於是手推車翻倒了，札拉巴先生跌落在路面上，我連忙避開了他。

當我從聽筒聽到那在布拉格演奏的銅管樂，和位在納克尼日齊飯店的我之間距離縮短後，我立即騎著自行車衝回家，我脫下裙子，把它放在桌上，拿起剪刀，朝膝蓋的部位剪下。剪下這麼多布料，使我不禁對自己說，我的裁縫師可以用這被剪下來的布料爲我做件短上衣了。我立即拿起針縫補好裙邊，幾近興奮地穿上裙子，並立刻跑到鏡子前。在那裡我看到了！那縮短的長度使我年輕了大約十歲，我旋轉著，並立即意識到必須將襪帶拉高一些。我看到並確認我現在的腿才是眞正的美麗，肌腱在膝蓋下的那些美麗陰影，那些棕色的上帝指印，都將會引起很大的驚訝和歡愉。但是也會引起人們很大的憤怒，尤其是弗蘭欽，當他看到這樣的我，他將會臉紅至髮根並宣稱端莊的女人不會穿這樣的裙子。我跑到院子裡，跳上自行車，從啤酒廠往十字路口騎去，如此舒適的氣流吹過我的膝蓋，吹拂著我的襪帶，穿著修剪過的裙子讓我更輕鬆自在地踩著踏板。我只在意一件事，我必須一隻手駕著自行車，而另一隻手必須一直拉著裙子，因爲隨著膝蓋的起伏它會一直往上提。現在克羅帕切克先生從往霍札特夫的公路上駕著他的印度摩托車過來，克羅帕切克先生一如往常地坐在邊車上，一隻腳放在車把上駕駛著摩托車，一隻手則控制著車把末端的瓦斯，我很喜歡看他在啤酒廠發動摩托車的模樣，當他要出發時，他會從座椅爬跨到邊車，並且像從浴缸裡把腳往外伸展般將腳懸掛在外頭，如此這般舒適地駕車回家。現在，當克羅帕切克先生在轉彎處看到我赤裸的膝蓋，他來不及轉彎而騎進櫻桃園，我認為這是個好預兆。我衝過橋，一直到納克尼日齊飯店旁，我緩慢地沿著等待看發明的隊伍騎車。校長庫普卡先生對這個發明表示看法：「我不知道，但是這個機器不會為人們帶來幸福的。」所有的人彷彿停止期待在納克尼日齊飯店裡等著他們的東西，反而將注意力放在我的膝蓋上，在我變短的裙子上。所有人停止望向飯店的入口，反而轉過頭來看我，校長庫普卡先生用雨傘指著我對院長說：「這就是第一個結果！」但是院長先生向我鞠躬並說：「有些人崇敬女人的膝蓋，就像有些人崇敬聖靈一樣。」我在糕餅店前停下來，在我鞋子還沒踩到地面之前，我整理一下我的頭髮，以防頭髮卡進輪輻裡，接著我把自行車靠在牆上，而當我走在人行道上時，我感覺好像穿著泳衣在走路。

我在糕餅店裡請納弗拉季爾先生幫我打包四個奶油號角酥，我立刻拿了一個，一邊吃一邊把身體往前傾以防酥皮屑掉到我的襯衫上。再一次，當我貪婪地將整個奶油號角酥塞進嘴巴裡時，我馬上聽到弗蘭欽的聲音在說：端莊的女人不會這樣吃奶油號角酥的。納弗拉季爾先生小心翼翼地微笑，因爲他沒有牙齒，而我站在展示櫥窗的旁邊，只是想讓女人們從黑暗的店裡看到我的模樣。納弗拉季爾先生遞給我用藍色繩子綁好的小包裹，我付了錢，納弗拉季爾先生幫我打開門，在我離開之前，他幫我扶著頭髮，跟著我跑了一小段距離，直到我的頭髮飛揚起來。我用盡全力踩著踏板，一隻手駕著自行車，另一隻手拎著那甜點包裹，頭髮在背後飛騰，就像是當蒸氣牽引機加快轉速時在調節器裡的那些美麗黃銅球。我表面上繼續看著道路的中間，但是其實我在人行道的兩旁看到各式各樣的眼神：那些欽佩的眼神，以及那些對我赤裸的膝蓋充滿憎惡的眼神，而我那赤裸的膝蓋就像是輪軸連接處那般地輪流抬起……

當我抵達啤酒廠時，我立刻直接騎到馬房。穆采克跑向我，牠是隻很乖的小狗，牠擺動著長尾巴，當我朝牠彎下腰，牠舔我的手掌並半閉著眼。我走進小屋並帶來一把斧頭，我打開小包裹，給穆采克一個奶油號角酥。牠一開始並不相信我給牠帶來吃的，但是當我笑了，牠才開始吃奶油號角酥，而我心裡卻在盤算著應該砍掉多少穆采克的尾巴。我在穆采克背後放一塊木頭，拿起穆采克的尾巴並放在那塊木頭上。但是穆采克轉過身來，於是我便撫摸牠，然後再給牠一個奶油號角酥。穆采克用沾著鮮奶油的嘴舔著我的手和斧頭把手，吃起第二個奶油號角酥。我在木塊上擺好穆采克的尾巴，接著重重一擊，我把那長長的部分砍了下來。而穆采克遲疑了一下，一半的奶油號角酥還在牠嘴裡，但是尾巴的疼痛大概非常劇烈，因此穆采克開始轉圈號叫，用滿是甜霜泡沫的嘴巴咬住尾巴被砍斷的部位，那裡還在流著血。穆采克以爲是別人砍掉牠的尾巴，而不是我做的，因此還輪流舔我的手和自己尾巴剩餘的部分。我撫摸著牠並安慰牠：「親愛的穆采克，這只會痛一下子而已，但是你將會因此變得俊美，這是時尚潮流，必須如此，你看看！」我站起身，讓牠看看連我也穿著被剪短的裙子，但是穆采克開始可怕地哀號，我發現我好像砍得太少了，應該再多砍一點。但是穆采克已經連聽都不想聽，我在木塊上抓緊牠的尾巴，承諾給牠所有的奶油號角酥，並且還會買給牠更多的奶油號角酥。但是穆采克掙脫了我，嘴裡含著那被砍下來的尾巴並跑向辦公室，當馬夫們走出來時，牠便跑進去帳務室裡。

過了一會兒，弗蘭欽從辦公室跑出來，他一隻手握著三號鋼筆，另一隻手拿著那段被砍下來的尾巴。穆采克站在階梯頂端，往小屋和馬房的方向吠叫，我從那裡牽著自行車走過來，當我到達辦公室前面時，格倫托拉德醫生恰好駕著馬車進入啤酒廠。主席先生的種馬已經修剪過尾巴和鬃毛了。醫生先生從馬車駕駛座上跳下來，把韁繩丟給馬夫，並看一眼我的裙子，表示：「所有的東西都必須變短，目前還沒結束。因此，經理先生，我們必須縮短工時，從下個月起，星期六的工時縮短一半，也就是說我們將只工作到十二點。我們自己拜訪找酒館老闆們以縮短與他們之間的距離，我們將賣掉您那輛奧里安牌摩托車，並買一部汽車，以縮短時間並有足夠的空間應付更多的啤酒銷量。伊萬！」格倫托拉德醫生對馬夫喊，「請拿我的小盒子來，裡面有讓我們幫小狗止血的膏藥。」

那天下午弗蘭欽騎著奧里安牌摩托車去布拉格。我利用這個機會在下班後去宿舍找佩平大伯。在發光的燈泡下，佩平大伯對著一位巨大的麥芽廠工人伸出手來，這個工人跪著，但是跪著的他卻和站著的佩平大伯一樣高，然而大伯面露猙獰並吼著：「如果我沒辦法控制自己會怎麼樣！如果我朝您臉上打一拳會怎麼樣！」

那巨大的麥芽廠工人緊握雙手請求：「佩平先生，請不要讓我的女人變成寡婦，請不要讓我的孩子變成孤兒！」

麥芽廠工人們，站成一圈，安靜地竊笑著，那些已經無法忍耐的人便跑出去到走廊上，在那裡面對著牆壁站著，並用拳頭猛敲著水泥牆，格格大笑。當他們透了口氣，便再跑回宿舍。

佩平大伯在燈泡下雙腳張開站著，並叫：「那麼我們來場男人之間的對決吧！」

他猛然撲向那巨大的麥芽廠工人，那工人往後退一步，佩平大伯像摔跤選手般半壓住對方的頭，嘗試要把麥芽廠工人壓在他的肩胛骨上。但是那麥芽廠工人暴跳起來，擊倒大伯，並壓在他上面。所有人在周圍拍手叫喊，但是佩平大伯抓住麥芽廠工人的脖子，想將那麥芽廠工人的頭慢慢地旋轉到幾乎快接近他的肩胛骨處，但是在最後一刻工人跪了下來，大伯像摔跤般壓住他的頭。麥芽廠工人站起身，拖著大伯在宿舍裡走動，他像是抱著小孩那般拖著大伯，然而佩平大伯卻激動地喊著：

「我光榮地取得勝利，如同弗里什滕斯基[21]一樣！」

接著，麥芽廠工人又跪下來，和大伯一起翻了個觔斗，直到現在我才注意到，這兩個摔跤選手穿著白色長內衣褲，長及腳踝，腳踝旁還用帶子綁著。巨大的麥芽廠工人翻了個好大的觔斗，以至於壓在佩平大伯身上，並躺在他的頭上，但是大伯卻喊叫：

「請起來，沒有用的，我牢牢地抓住您了！」

---

21 弗里什滕斯基（Gustav Frištenský, 1879~1957），捷克著名摔跤好手。

巨大的麥芽廠工人暴跳起來，捉住佩平大伯的腳踝和脖子旋轉，接著和他一起倒下，然而佩平大伯吼叫：

「我把您甩掉了，就像弗里什滕斯基對付黑人那場！」

接著，麥芽廠工人累了，佩平大伯用肩膀扛起他，麥芽廠工人笑了出來，並笑到流眼淚，大伯將他旋轉到肩胛骨上，麥芽廠工頭跪下來並表示：

「佩平先生，您又贏了！」

摔跤選手們站起身，大伯鞠躬並微笑著，只朝他四周看得到的人群鞠躬。

「明天是複賽。」麥芽工廠工頭說，並把頭埋進酒罐裡。

「佩平大伯，」我說，「請來這裡一會兒，將您的鋸子借我，好嗎？」

佩平大伯呼一口氣並點點頭，接著到自己的床鋪把毯子掀開，他所有內衣和衣服都在鐵床的床腳處，現在他把床墊卷到一旁，床頭那邊髒兮兮的，在墊子的下方有著各式各樣的小盒子和線卷軸，以及一些奇怪無用的小東西。大伯在這裡找到鑰匙並打開櫃子，從櫃子裡拿出紙袋，紙袋上寫著：希斯勒爾，製帽商以及皮貨商，他從那袋子裡拿出一頂美麗的白色水手帽，鑲有金線並印有金色 Viribus Unitis[22] 徽章。

「老希斯勒爾幫我繡的，他不會繡給其他人，只有給我！」

他說著並將那頂美麗的白色水手帽戴好，穿著長內衣褲站著那裡，在他背後是張亂七八糟的床，內衣和衣服被踢到床腳，床頭則是堆放著奇怪無用的東西。

「佩平大伯，」我說，「您的床多麼漂亮啊，我爲您縫一些床單，好嗎？」

「如果您想要這麼做的話。」大伯說，並且快速地穿上衣服。

站著或坐著的麥芽廠工人盯著地板看，一句話也不敢對我說，甚至因爲我在他們戲弄佩平大伯的時候到來而感到抱歉。因爲這是他們的樂趣，與我無關，我和他們之間有著很大的區別，就像是這間宿舍是八個人睡一間房，而我和弗蘭欽卻有三個房間外加一個廚房。弗蘭欽是啤酒廠經理，有一天可能會成爲啤酒廠廠長，於此同時，他們將永遠只是麥芽廠工人，一直到退休，一直到死亡。佩平大伯關上櫃子，戴著那頂只有船長或是高級軍官才會戴的帽子，喜悅地閃閃發光。

「晚安，先生們。」我說，並走出宿舍。

22 意思為「共同努力」，為奧匈時期的戰艦名，始航於一九〇八年。

在我們從麥芽廠轉角處的強風突圍之前，啤酒廠和牛棚角落的燈泡亮光開始變得微弱，好像是因爲這個氣流將電力耗盡了。大伯的帽子閃閃發光，就像是煤油燈的乳白色燈罩，大伯必須雙手抓緊帽子，以防強風將帽子吹走。最後，我甚至覺得佩平大伯似乎已經開始飄起來，就像我那些毛巾布……我很確定佩平大伯不會放棄自己的帽子，他寧可和帽子一起呈Z字形往上飛進黑暗裡，朝著啤酒廠煙囪以及不停轉動的風向標的方向往上飛。當我點亮燈，大伯從製桶工頭那裡拿來鋸子，我把一張椅子翻面，並和大伯一起鋸短椅腳，沒有鋸很多，只鋸了大約十公分左右，我們每次都用裁縫師的捲尺度量長度。當我們把桌子翻面時，佩平大伯說：

「弟妹，您知道嗎？爲什麼我們在這裡用捲尺度量？我們鋸下一個桌腳，接著將這鋸下來的木塊放在下一個桌腳的旁邊，然後就只需跟著鋸就好了，不需要再用尺量。」

我笑了出來，「佩平大伯，您那麼聰明，眞應該去當警察！」

佩平大伯大叫：「拜託，別鬧了，什麼警察！亞多爾夫叔叔差不多當了一個月的警察。打從一開始他便被帶去追捕一個人，他們包圍一棟建築物，當他們進入廚房時，那裡只坐著一位老女人，於是探長說：您的老伴在哪裡？她說他去砍樹了。探長踢開房間的門，看到敞開的窗戶，那人正沿著山坡飛奔，探長命令：前進！亞多爾夫第一個從窗戶跳出去，飛跳進堆肥中並淹至脖子處，但是他從裡面趕緊爬出來。一群人帶著左輪手槍快速地往森林行走，在那裡他們包圍了那個人，他也有左輪手槍，於是他們試著勸說他把手槍丟掉。那個人又說他們如果再接近一步，他便要朝他們射擊，因此探長費了一小時的時間勸說那個人，承諾會減輕他的罪刑並擔保他只關半年，那個人扔掉了左輪手槍，探長勝利地將他戴上手銬並領他上巴士。亞多爾夫也想上警車，但是他們說他身上有堆肥而拒絕他上車，於是他自己一直步行到奧斯特拉瓦市郊區，他在那邊又被趕下電車，所以他必須再步行回家。回到家後房東太太不想幫他清洗這些衣服，於是他只好將衣服帶至洗衣店並取得一張小票，當他在十四天後過去領取衣服時，那裡聚集了許多人，裡頭還有不少他認識的女孩們。當輪到亞多爾夫時，那位女經理拿起小票，而當她回來時，她滿臉通紅並將那小包裹扔回給亞多爾夫，對著亞多爾夫大叫：您自己大便到褲子上，您就應該自己清洗！於是他便帶著羞愧回家……」

大伯說著，我笑了笑並按照佩平大伯的指示鋸下了桌腳，桌子變矮了大約十公分。佩平大伯說：「亞多爾夫很倒楣，有一次他經過酒館，有些喝醉的牙醫在那裡，並邀請亞多爾夫一起喝酒。當他和他們喝酒時，他很高興人們再度喜歡他，突然其中一位喝醉的牙醫拔掉了另一位牙醫的門牙。當亞多爾夫也喝醉了，那位門牙被拔掉的牙醫又拔掉了亞多爾夫所有的臼齒，然而，亞多爾夫還是算很幸運，因爲這回在酒館裡沒有喝醉的去勢者、閹割者[23]……」

「那一定非常痛。」我說，並把鋸下來的木塊放在靠近最後一個桌腳的地方，擺好鋸子，我們繼續開心地鋸桌腳。而佩平大伯接著敘述：「但是後來亞多爾夫被送去軍事演練，遠到斯洛伐克北邊的馬爾廷市某處。因爲亞多爾夫叔叔是位合格的蒸汽機駕駛，所以他們給他一輛蒸汽卡車。有一天一位士官長在軍方報紙讀到一個通知，說在赫布的軍營前面需要蒸氣壓路機去平整路面，因此他命令亞多爾夫前往並給他配給津貼，亞多爾夫叔叔便根據地圖駕著蒸汽卡車啓程前往赫布。那是在春天的時候，而亞多爾夫花了整個夏天的時間只走完斯洛伐克，秋天時他經過摩拉維亞邊境，他越走越慢，因爲星期天他都得回家一趟，當他整個秋天走過摩拉維亞時，他小心祕密地詢問在馬爾廷市的軍營，但是那邊的人告訴他，那個士官長上吊死了，因爲他在廣場上發現了一支槍，沒有人知道是誰放在那裡的，於是他們把那支槍放進倉庫，但這卻使倉庫多了一支槍。於是亞多爾夫駕著那部蒸汽卡車橫越了整個捷克斯洛伐克，他在春天時終於抵達皮爾森，但是因爲他沒有煤炭了，所以他必須用乞討而來的木頭來添加燃料，甚至殃及人們的籬笆，尤其是當他離森林很遠時。於是亞多爾夫叔叔嚴重耽擱了行程，而事實上到最後他一星期只駕駛這部蒸汽卡車一天，因爲他必須花三天的時間在星期天之前回到奧斯特拉瓦的家，再花三天返回他的蒸汽卡車那裡，所以一直到夏天亞多爾夫叔叔才抵達赫布的駐軍處。亞多爾夫和蒸汽卡車在那裡都被關了起來，當解釋清楚所有的事情之後，亞多爾夫叔叔被派到科舒姆貝爾克城堡當軍事防衛員。因爲他無處可去，所以他待在科舒姆貝爾克城堡一段時間後，便愛上了城堡導覽員的女兒，接著娶了她，繼續像個守衛帶著武器在那裡站著。但是三年過後，他猜想他應該被遺忘了，於是他脫掉制服，把武器藏在一個角落，直到今天，他還在那裡當著導覽員……」佩平大伯站起身，最後一個木塊從桌腳掉落下來。

我拿起燈，並把它帶到餐具櫥櫃那裡，以便看清楚那被鋸短十公分後的桌子的模樣。當我和大伯將那被鋸短的桌子翻回正面時，我驚愕地睜大眼睛。我走進廚房，接著我站在門檻上一會兒，眼神掠過果園樹頂望向啤酒廠的煙囪，過了一會兒我走回來。

---

23 原文中，兩個名詞為同義詞，皆指「閹割者」，但後者 nunvá 為較古老的用語。

佩平大伯扭著手指頭。

「該怎麼辦呢？沒有什麼可以補救，佩平大伯，」我命令著，「請從書櫃把那些特日比茲斯基[24]的著作文集拿來，好嗎？」

我把桌子立好，這桌子就是我和佩平大伯在灰暗中鋸了四次十公分的桌子，只是我們把那十公分的木塊一直放在同一個桌腳旁邊，因此我們將一個桌腳鋸短了四十公分……佩平大伯拿來了文集，並把它們在鋸錯的那個桌腳下擺好，但是還是不夠高，因此我拿來什米洛夫斯基的《怕爾納謝》[25]，以墊高那桌腳和其他桌腳等高。

從遠處傳來轟隆隆以及咔答咔答的聲響，那是弗蘭欽騎著奧里安牌摩托車從茲維日伊內克旁的森林裡回來，那聲響和喧囂持續地增強，好像弗蘭欽是在他面前推著奧里安牌摩托車所有的零件似的。我跑出去到辦公室前面，打開大門，弗蘭欽騎進啤酒廠內，用腳踏動的小車床在邊車上搖搖晃晃，弗蘭欽有長途旅行時總是會帶著它。摩托車現在轉彎到我們家門口，弗蘭欽舉起護目鏡，並脫掉皮製頭盔，用手指示要我馬上進家門，而我知道是他爲我帶來小禮物了。我跑進廚房，弗蘭欽拖著某個東西經過後方，走過辦公室的走廊並進入房間，他在那裡撥弄某個東西一會兒，接著跑進廚房，搓著雙手笑著，並拍一下佩平大伯的肩膀。我倒在弗蘭欽的懷裡，接著如同我們的習慣，我尋遍他外套和褲子裡所有的口袋，弗蘭欽笑了，非常地迷人，這使我更著急地想知道在這一切的背後到底藏了什麼東西？接著我說：「不是戒指，也不是耳環，不是手錶，也不是胸針，是某種比較大的東西，對嗎？」弗蘭欽脫掉外套，洗洗手並點點頭。當他擦乾手時，我指著通往房間的門問他：「那東西在那裡嗎？」弗蘭欽點頭，表示東西在那裡……接著他故意慢慢地穿衣服，故意地假裝必須擦鞋子，一直到我威脅他我要衝進去房間裡面，因爲我已經無法忍受了。弗蘭欽舉起手指頭，請求我閉上眼睛，並領我進入房間，我在那裡站了一會兒，接著我聽到音樂以及男高音開始優美地歌唱……我的心正在爲你哭泣，我的夏威夷，白色小花……我張開眼睛，轉過身來，弗蘭欽舉著一盞正在燃燒的燈並站著，那盞燈照亮了那個留聲機箱子，接著，他將燈放在桌上，並邀請我跳舞。他抓住了我的腰，另一隻手則擠握我的手掌，接著弗蘭欽停頓了一下，當旋律

---

24 特日比茲斯基（Beneš Třebízský,1849~1884），著名捷克小說家。

25 什米洛夫斯基（Alois Vojtěch Šmilovský,1837~1883），捷克作家，其作品《帕爾納謝》（Parnasie）出版於一八七四年。

一到，他像一陣風似地滑出一大步……曾經那人向你道別，但總是會再回到你的身邊……而弗蘭欽，他像一陣風似地滑出探戈的舞步，這讓我非常驚訝，因爲他不是一個好舞者，但是他現在跳得這麼好，使我自己不禁向他貼近。他毫不遲疑地將腿插進我的雙腳之間，我們是如此地契合，我爲了想要好好地端詳弗蘭欽而往後退，接著我將頭靠在他的肩膀上。但是舞蹈突然轉變，弗蘭欽沒跟上節奏，他停頓了一會兒，當他再度想繼續探戈往後滑步的動作時，他滑步的姿勢雖然正確，但是拍子不對，於是他喪失了自信。當他搞砸了整個舞蹈，他先在前面幾步停頓一下，接著再次像風一樣地在地毯上優美地滑步，避免任何旋轉，也不想要放開我，就只是滑著長步，好像他的鞋子是卡在炙熱的瀝青裡似的。他從房間的一端跳到另一端，笨拙地想跟上拍子，但是他就是無法再試一次旋轉，他放開我，眼睛盯著地毯看著自己的步伐，我所看到的這些步伐都是正確的，但是，弗蘭欽主要所欠缺的是：節奏。最後，他嘗試所謂的下腰動作，我腦子閃過一個念頭，那就是他一定在布拉格上過某種舞蹈課程，去過某種私立舞蹈學校，因爲連這個下腰動作他都做得很好。他讓我向後彎腰，直到我的頭髮碰觸到地毯上，接著他再度將我拉向他，這些動作都是正確的，只是舞蹈的步伐一直無法和音樂對拍……優美的男高音停止了歌唱，音樂也慢慢減弱……弗蘭欽停止了笑容，近乎崩潰地坐在椅子上，因爲他無法跳好探戈，而當他意識到這個事實時，這讓他幾乎喘不過氣來。因爲在最近一次的化妝舞會裡我和年輕的克萊奇卡跳過舞，他是啤酒廠的釀酒人，並且拉了一手優美的大提琴，唸了四年中學，很會跳舞，而我和他是那麼的契合。當舞者們停止跳舞而環繞看著我們時，我們就像是兩位藝術家那般地跳舞，如同是兩個連接的車軸，呈現一種完全結合的狀態。而在此同時，弗蘭欽卻獨自坐在柱子後方並望著地板。

「我與弗菈絲塔小姐在哈夫爾達，」佩平大伯說，「我們也是這樣跳舞，但是有些不一樣，就速度快一點，弗菈絲塔幫我倒了杯馬爹利白蘭地，接著說，佩平先生，那麼我要爲您播放一些什麼呢？而我說：請您爲我播放一些跳舞的音樂吧！弗菈絲塔說：什麼樣的跳舞音樂？我回答：像是來自作曲家本達，或又稱爲戈貝利內克的音樂。弟妹，我有這個榮幸嗎？弗蘭欽，把音樂的速度調快一些！並且好好看著，什麼是眞正的舞蹈！」

佩平大伯牽起我的手，爵士樂開始播放，節奏如此得快，因爲弗蘭欽移動了速度桿，好像是跑步的女人們在快轉的影片裡。佩平大伯開始向我鞠躬，我也鞠躬。接著他用前額碰觸我，我也對他這麼做。突然，大伯轉向音樂的節奏，並緊抓住我的手旋轉，然後我們背對背站著，大伯舉起腳，扭曲擺動他的鞋子和小腿，接著張開雙臂，用手掌拍擊並快速旋轉雙手，那旋轉的速度如此之快，好像他在快速地纏繞毛線似的。接著他兩手插腰，雙腳忽東忽西地擺動，而我必須做同樣的動作，但是必須反方向進行，避免他踢到我的腳踝。接著他轉過身來，抓住我的腰，將我朝天花板高舉，直到我的頭髮碰觸到天花板的灰泥壁。大伯隨著音樂的節奏帶著我四處跑，他的鼻子埋入我的肚臍處，接著他放開我，旋轉我，我們再次背對著背靠著對方，大伯用力地把我像個背簍般地拉到他的肩膀上，我也順勢鉤住他的手臂。我們就這樣來來回回地擺動著，彷彿在做背部扭傷的復健動作，接著大伯放開了我，隨著節奏繞著我小跑步，並開始朝我衝過來，好像是那位帶著槍桿的撲克牌紅心騎士，我跟著他做同樣的動作，整個舞蹈非常精準且難以捉摸，但是一直在拍子上，好像這些動作遠比其他舞蹈動作還與音樂契合。大伯接著跳起來，撐開雙腳坐到地毯上，做了個劈腿動作，但是我擔心我的腹股溝會裂開，所以我只向左和向右彎腰，同時大伯還往左再往右地輪流聞一下鞋頭。突然，他像是被天花板吸上去似的，倏地跳了起來，雙腳併攏，迅速地拉我到他肩膀上，我越過他的肩膀然後雙腳再度著地，我還用我的鞋根在天花板上劃了個標記。弗蘭欽看著我並笑著，接著他走進廚房，回來時一手握著裝有溫熱白咖啡的杯子，另一手則是乾麵包切片，他輕咬著麵包，看著我們。但是加快的探戈慢慢變得小聲，男高音的歌唱也接近尾聲……曾經那人向你道別，但總是會再回到你的身邊，我的夏威夷，白色小花，我夢見你……當佩平大伯把我放下來，親吻一下我的手，握住我的手臂，深深地向四周鞠躬，對著好像很大的大廳彎腰鞠躬，並送出飛吻到房間的各個角落……當我走過桌子時，我踩到我們從桌腳鋸下來的木塊，而扭傷了腳踝。

「兄弟，」弗蘭欽說，「你的節奏感眞的是被埋沒了。」

我尖叫跌倒，就再也站不起來了。

穆采克那個晚上發狂了。管理員從晚上就必須用鎖鏈把牠綁在小屋，在那裡穆采克無法弄清楚奶油號角酥和尾巴劇痛之間的關聯性，也不想追隨最新時尚潮流變得俊美，於是開始可怕地狂吠，牠的嘴裡出現了白沫，發狂的白沫混合著奶油號角酥的奶油泡沫。午夜時分弗蘭欽將白朗寧手槍裝上子彈，接著走出去到院子裡，過了一會兒我聽到槍擊聲，一個接著一個的巨響，我跛行到窗戶旁，看到在火把亮光中的穆采克，拉緊著鎖鏈，用後腳站立並用腳掌乞求著，似乎已經同意將尾巴砍短，願意聽從所有的事，只要牠的主人不要再對牠射擊。弗蘭欽射擊完手槍裡所有的子彈之後，穆采克還沒有倒下，牠反而比其他時候都更令人同情。牠一直用後腳站立著，揮動著牠的前腳掌。我認爲我對穆采克所做的一切罪孽深重，我跛行到沙發大哭，摀住耳朵避免再聽到那些像是指控的槍聲……槍聲停止了，穆采克好像已經死了，但是牠到最後一刻一定還在擺動著那已經不存在的尾巴，因爲牠也許以爲是另一個人對他射擊，因爲身爲動物的牠一定無法理解，我怎麼能夠做出讓牠如此痛苦的事。當牠的主人弗蘭欽帶著白朗寧手槍回來時，他穿著衣服直接倒在床上，在我看來，他好像也在哭泣。

10

現在，弗蘭欽所擁有的我就是他想要的那個我的模樣：一位坐在家裡的端莊女人，一位他知道今天會在哪裡以及明天將會在哪裡的女人，總是待在他希望她待的地方。不要病得太重，但是好像生病的女人，一位會跛行到火爐、椅子、桌子旁的女人。最重要的是，一位會給他帶來負擔的女人，因爲這對弗蘭欽來說才是夫妻共存的眞諦。我會激他早晨爲我準備早餐，中午騎著摩托車去餐廳買午餐，尤其是他可以表現出他有多麼喜歡我，他有多麼高興可以照料我，以及他如何照顧我，而我也應該如此地照顧他。這是弗蘭欽的夢想。如果我每年可以喉嚨發炎或感冒，或是有時候得到肺炎，這總是讓他覺得很幸福，因爲沒有人知道如何像弗蘭欽那般地照顧別人，這是他的信仰，是他在人間的天堂，當他可以用被冷水浸濕的床單包裹住我時，當他帶著床單繞著我跑，把床單纏繞在我身上，好像在幫我活生生地做防腐措施，但是接著他會抱起我，小心翼翼地將我放在床上，如同小女孩們將小玩偶放好似的。他每個小時會衝出辦公室一次幫我量體溫，每兩個小時幫我更換敷布。他當然會在內心祈禱，而不是眞的希望如此，但是如果命運沒有別的選擇，他會祈禱我再也不起床，如同是他的嬰兒，一個需要他的嬰兒，如同他需要我一樣。當我康復並開始走動，當我再度開始打從心裡大笑，在我裡面的那位不端莊的女人又開始占上風時，弗蘭欽又將自己縮回去並再度做夢。夢想我癱瘓了，而他推著坐在輪椅上的我，晚上他會唸《國家政治報》或是小說給我聽，這或許可以舒緩他那對我精力旺盛的健康的複雜情緒。我喜愛巧合的發生，無法預期的事件，以及驚人的遭遇。但是弗蘭欽卻喜愛秩序和規律，不斷地重複可以爲他指引出人生正確的道路，所有可預期的、以及可安排的事物就是弗蘭欽生命的一切，也就是他所相信的世界，沒有了這些，他便無法繼續生存。

現在他所擁有的我，躺在床上，腳踝包紮在白得發光的石膏裡，將有很長的一段時間無法移動，因此得先拄著枴杖，再用棍子，就是像這個時候，當約瑟芬·貝克[26]跳著查爾斯頓舞時。

也許我的腳踝受傷得正是時候，因爲當我跑來跑去時，弗蘭欽無法好好地想出一個標語，他用三號鋼筆寫了那麼多張紙，那些所有爲了增加啤酒購買量的廣告最後都被扔到火爐裡去了。然而，現在我白色的腳擱在小枕頭上，弗蘭欽則在廚房和房間裡走來走去，喝著溫咖啡，配著乾麵包。他突然停下腳步，手裡還握著咖啡杯時，好像他在做夢似的，最終看到某種幻影，使他眼睛半瞇起來。他把杯子和麵包放在一旁，坐了下來，用三號鋼筆寫下給啤酒館的標語。當他一寫完，他拿起圖釘，把那張紙釘在牆上，好讓我看得到，也讓我瞭解到，只要我是健康但卻表現得好像生病似的，他就隨時有可能被任命爲啤酒廠廠長，有限責任公司的廠長。我的移動能力癱瘓爲他帶來對工作與生活的熱情。過了一週，弗蘭欽爲了尋求靈感應該喝了至少五十升的溫熱白咖啡，整面牆上掛滿了修飾過的鋼筆硬體字標語。——啤酒喝得越多，痛苦和煩惱就越少。——飲用我們的啤酒來鞏固您衰弱的健康。——不喝酒的人，是悲傷的人，喝了酒的人，滿臉通紅得像個少女。——沒有啤酒，生不如死。——讓啤酒來鞏固並治療您衰弱的健康。——啤酒越多，健康越多。——健康，精神，力量，這些在啤酒裡都找得到。——想快樂的人

26 約瑟芬・貝克（Josephine Baker,1906~1975），移居法國的非裔美國著名演員與舞者。

必須喝啤酒。——常來我們啤酒館的人，猶獲重生。——我們品質優良的啤酒，是提供給所有人的飲料。——喝越多啤酒，我們活得越好。——不去啤酒館的人，不吃不喝的人，其實就是背叛自己的健康。——在家裡，在旅途中，無論在何處，啤酒總是使人神清氣爽。——啤酒隨時隨地都能恰到好處地讓您煥然一新……他對於這些靈感感到如此地快樂，因而會倒滿整杯的咖啡，並打開留聲機……在遙遠海的後方，一個魔幻的島嶼，夏威夷……並嘗試躡手躡足地跳探戈，整個人充滿著樂觀的態度，並快樂地期待在不久的未來將會發生的事。晚上他會把房間的門鎖上，在那裡一直播放著我的夏威夷，白色小花。他不時帶著現代舞蹈指南出現，並一邊笑著，當他展現了他的歡愉，他又再度回到房間裡去。經過鑰匙孔透到灰暗中的亮光如同我裹在石膏裡閃閃發亮的腳，我知道弗蘭欽一定用粉筆畫出那些舞步，那些足跡。不只有那些基本的舞步，連往後退的舞步，那些旋轉動作都有，他用粉筆鞋印畫出整個舞蹈的路徑，他耐心地隨著節奏和夏威夷的旋律在這路徑上踱步。他是這麼快樂，因為他學會了這些舞步，連在白天的時候，當我透過窗戶望著院子時，弗蘭欽急急忙忙地趕去釀酒廠處裡一些事情，他也會突然腳步放慢，以探戈的舞步行走，旋轉並往後退，輕輕地舉起手繼續跳著這個現代舞，我看到他是如何盯著自己的腳，我看到他很無助，如果可以的話，他連在公路上都會用粉筆畫出那些舞步……但是，這並沒有讓他氣餒，相反地，晚上他會更努力地嘗試在被粉筆畫的地毯上找到那個小縫隙，只要補上那個縫隙他就可以跟上留聲機的節奏，那已經撥放百次的夏威夷。每個晚上弗蘭欽移除奧里安牌摩托車的電瓶，再把它帶來且打開高頻電流，紅色長毛絨布襯底的小箱子裡的玻璃儀器依稀閃耀著，弗蘭欽將火花拿靠近我的腳踝，電療的閃光滲透進入石膏，然後他一件接著一件地脫掉我的衣服，我甚至沒能意識到我已近乎赤裸，電療的電流讓我感到非常舒服，按摩滾筒的細微火花為我的雙腳帶來力量，並加強我背部的神經。弗蘭欽對我耳語：「最好的方法，瑪麗，使你變得更美麗的最好方法，這你已經擁有的美麗……」每個晚上我都很期待紫光的按摩，那帶著暴風雨和電線短路的氣味。越過果園還可以再次聽到那動人的男子聲音，穿著緞面小西裝的伊勞特先生，用他自己的聲音將自己從大砲射出，我透過牆壁看到他飛過啤酒廠上方，雙手平舉在身體兩側並微笑著……這愛情已經，已經離去，曾經擁有過這麼短暫的時光……我親愛的美人啊…… 現在伊勞特先生開始往地面的方向傾斜，展開雙手並往下方觀看的人群丟擲玫瑰和飛吻。弗蘭欽拿起金屬電極靠近我的手，並轉開儀器的黑色按鈕，他就像一位催眠師般用手掌在我身體的上方遊走。弗蘭欽的手掌移動到哪裡，那裡便有閃光從他的手掌下迸出並斷斷作響，還下起帶著紫色顆粒的雨，數以千計的勿忘我草與紫羅蘭經由這個儀器從弗蘭欽的手掌進入我的身體裡面，臭氧與閃電的氣味衝擊著整棟建築物，徘徊在我身體的上方，連沾著石膏的腳踝也閃耀著藍色的閃光……之後什麼都沒有留下……消失在尼姆布爾卡小鎮旁的深谷裡……伊勞特先生掉落到網狀的彈簧床上，正彈跳著，並穿著藍色緞面小西裝鞠躬……我感覺到連我的身體也在散發出電力帶有刺激性的氣味，我的喘息聲越來越急促，我整個身體發出榮光，我看著鏡子裡的自己，整個身體伸展地躺著。紫色的劈啪聲和嘶嘶聲是我僅有的內衣，我從不覺得我是赤裸的，我一直被紫藍色的大衣緊貼著。弗蘭欽上過漿的衣領以及白色袖口如同我裹著石膏的腳在發光，他像我一樣在急促地喘氣，躺著並用彎曲的手肘遮住眼睛。我曾經對這種高頻電流的儀式感到噁心，我從未與弗蘭欽談過這些，我們準備好保持沉默，好像我們倆在努力某種被禁止的事物，當弗蘭欽將黑色按鈕轉回去，我們倆的眼睛都在看別的地方。這一切是如此的美麗。如果有人突然衝進房間，並提來一盞燈，弗蘭欽一定會昏倒，所以他寧可先鎖上房門，放下百葉窗和窗簾。他還會走出去並從外頭往窗戶看，確認沒有人可以從窗戶看到我們，看到他如何用顫抖的手指解開我的襯衫，小心翼翼地繞過我裹著石膏的腳踝並拉下裙子，如何在我面前跪著，並經由美容按摩進入宇宙。

11

今天格倫托拉德醫生來了，他請我幫他煮杯濃茶。他晚上在自己父母那裡著涼了。他從袋子裡拿出剪刀，當他在剪我的石膏繃帶時，他打了好幾次的噴嚏，然後還睡著。剪刀還在他的手指頭上，他睡得那麼熟，讓我無法叫醒他。我從他的背心口袋裡取出金錶，端詳一番並看看幾點了，然後再悄悄地把錶放回去。我是那麼地小心翼翼，那麼對自己精準的動作感到興奮。然而，經由這個嘗試偷竊的行爲，我再度成爲眞正的我。牆上的鐘告訴我現在幾點了，但是我只想要試探自己，看看我是否還未失去自我，看看我是否仍然有能力做我眞正想做的事。是的，情況還沒有那麼糟。我通常去波拉克先生的雜貨店買鈕扣，只是因爲在下午大部分的時間裡，通常沒有人會在商店裡逗留，當波拉克先生在櫃檯彎下腰取盒子時，我會伸長手臂越過櫃檯拿隻兒童用手錶。當波拉克先生一起身，我會表現一臉無辜樣，我可以從他的眼中看出他對於我的偷竊渾然不覺。當我要求再看一些其他的鈕扣時，波拉克先生一彎腰，我很快地再把那隻手錶放回去。當波拉克先生挺直身子時，我會因此微笑，身體裡面的我似乎因此長大了一些。隨著某種偷竊，以及隨之而來的懺悔，這讓我再次復活，我吐了口氣。當我走出商店時，我感覺自己好像長了一雙巨型翅膀，以至於刮傷門框，還邊走邊掉羽毛，害波拉克先生得跪著拿畚箕掃地板……格倫托拉德醫生打了個噴嚏，醒了，然後繼續剪完我的繃帶。那繃帶像個白色的盒子般裂開，接著醫生摸了摸我的腳踝，宣布：「現在您可以起身再去做那些蠢事了……」然後他打了個噴嚏。我拿起我的枴杖，還拿了一杯茶，當我試著想用腳站起來時，卻無法站立。我說：「這根本不是我的腳！」格倫托拉德醫生說：「這是您的腳，再過一週便會是您的……哈啾！」他打了個實實在在的噴嚏。「醫生，」我說，「我呼吸也有些困難。」「請脫下您的襯衫。」醫生說道，並喝了一口茶。然後他把他的耳朵貼近我的背，他的耳朵總是這麼冰涼，好像他放在我身上的是一個玻璃菸灰缸。天氣越溫暖，他的耳朵卻越顯冰涼。他輕拍我的背，請我深呼吸一下，然後他用食指輕敲我的背，用耳朵輕撫我的背，如同男孩們把耳朵貼近話筒那般。我甩了甩我的頭髮，醫生再度睡著了，而且被我的頭髮披蓋住，好像他是在那棵憂傷的柳樹旁的長椅上睡著了。每次當我經過格倫托拉德醫生的別墅時，我特別只想看那裡是否眞的有那棵柳樹，那棵遮蓋住整棟房屋的柳樹。我猜想那應該是很久以前的事了，那時他的妻子經常接待一位自布蘭德斯騎馬來的陸軍上校，當時年輕且高大結實的格倫托拉德醫生有一晚突然無預警地回到家中，在樓下一抓起槍，直衝上樓踢開妻子臥室的門，恰巧瞥見陸軍上校正衝向打開的窗戶，他在設法瞄準的同時，上校從窗臺啪答躍下，頭也不回地跑進黑夜深處，然後往下跑進紫丁香灌木叢以及盛開的茉莉花叢裡。格倫托拉德醫生努力朝著上校逐漸消失的靴子射擊，但是接下來的子彈卻只像深藍夜色裡的星星塡滿空蕩的窗框……我經常會因爲想起這幅景象而在夜裡醒來，無法再入睡，我可能永遠無法想像並將這個美好的事件和格倫托拉德醫生聯想在一起。我總是會在我心裡面聯想到別人，但我倒是對陸軍上校有一個相當具體的形象，他穿著被射擊過的靴子還能夠跳上馬，還能夠從他的靴子裡抽出柳樹枝，還能夠從馬背上彎腰幾乎觸及地面，並把柳樹枝插進泥土中。直到現在，那樹枝已經成爲這麼高大的柳樹，在暴風雨和颱風的夜晚裡它總是敲打著整棟房屋的窗戶，好像在不斷地提起往事。格倫托拉德醫生繼續用他的食指輕敲我的背，也許他根本沒發覺他先前睡著了，他敲打的方式好像是被埋在礦坑的礦工。當他轉身喝了口茶，我同時也穿上衣服，他安靜地寫著藥方，突然他的金色鋼筆再一次停頓，約數秒鐘的時間，格倫托拉德醫生又睡著了，接著他又醒來，對於寫完開給我治療胸腔的藥方而感到輕鬆。我說：「醫生，我丈夫向您吹噓過他買了什麼東西給我嗎？」「請給我看！」醫生下了指令，並喝了口茶。我打開放在小桌子上的小盒子。「這是什麼垃圾？這個人在哪裡買的？」醫生說。我回答：「在布拉格。但是您現在感冒了，這裡有這麼棒的儀器，這有點像是松樹在岩壁邊上沙沙作響……」醫生先生說：「那您對這熟悉嗎？」我回答：「醫生，這沒有什麼……請看！」我插上插頭，轉開黑色按鈕，安裝好附有神經刷子的管線，紫色的木屑從刷子閃現，醫生扳了扳手指關節，淡淡地笑了笑說：「頗富詩意，還不至於會傷害人，並且如果這將是由您來操作，我將會很期待……」我拿起電極以及附噴霧器的臭氧吸入器，說道：「醫生，您最好先躺在沙發上……」醫生在有靠背的長椅上坐下，我拉上米白色的窗簾，房間變得朦朧而灰暗，放電的紫色小刷子從那個特殊的神經電極發出嘶嘶作響的聲音，且照亮醫生的禿頭，他緩慢地在沙發上放鬆躺平。現在他躺著，手裡拿著那個一直引人注目且劈哩啪啦響的魔杖，同時，我在準備附噴霧器的臭氧吸入器。我在臭氧吸入器的填塞物中滴了幾滴尤加利精油和薄荷精油，再把它旋轉裝進插入鼻孔的 Y 字型玻璃管線，然後我將小小的神經刷子從醫生的身上移開，將附有噴霧器的臭氧吸入器插入陰極，並旋轉轉輪，讓氛氣充滿原本空空的管線，氛氣將會通過填塞物，滲進尤加利精油。我跪在沙發前，輕輕地將裝置靠近醫生的鼻孔。我說：「這將會治癒您的病，醫生，我的丈夫總是在他快感冒時吸一下……這眞的就好像是松樹在岩壁邊上沙沙作響那般，您感覺到那臭氧、樹脂的香味了嗎？那藍色的氛氣火苗是在放電，它本身就是一種治療，您的顏色是藍色的，那會緩解生活上所有煩憂，鎭靜神經，減緩流量……」我繼續說，一隻手握住那個美麗的、充滿精油的吸入器，右手則慢慢地擠壓橡皮球，將橡皮球裡的空氣擠壓並經過臭氧和精油輸送至吸入器……格倫托拉德醫生滿是喜悅地重複我所說過的每一句話，並且幸福地微笑著，我聽到辦公室的門擺動的啪答聲，接著是鑰匙轉動的聲音，弗蘭欽走了進來，臉色陰森且蒼白，輕聲地哭喊：「您們在這裡做什麼！」我嚇了一跳，然後再擠一下橡皮球，醫生還在重複著我的話：「……松樹在岩壁邊上沙沙作響……」突然，他坐起身來哭喊，並整個臉拉長，剎那間年輕了好幾歲，他跳起來且可笑地甩動雙腳，欻欻地往外跑去。此時，弗蘭欽緊握雙手跟隨著醫生，「主席先生，請您饒恕！」但是，醫生繼續甩動著雙腳跑向麥芽廠，他跑進麥芽廠並跑下麥芽廠的階梯，他在那裡跨越過幾個由麥芽堆積而成的小丘，麥芽廠工人拿著鏟子驚訝地站在原地，但是主席先生把跪在潮濕麥芽上的弗蘭欽拋在腦後，繼續呻吟著跑上往閣樓的樓梯。他跑過乾麥芽堆，他鼻子的疼痛逼迫他繼續跑到最高一層樓，他跑進烘乾大麥的地方，那裡有著六十度的高溫。接著他再跑下來一層樓，通過連接橋，他跑進啤酒廠，並繞著啤酒缸來來回回地跑。接著，他下樓衝進發酵室，弗蘭欽還是繼續跟在他的背後。格倫托拉德醫生從發酵室出來後繼續衝進冷卻室——新鮮的啤酒就是在那裡進行冷卻的——他打開天窗，然後跑出來走上冷卻室的屋頂，那裡的長生草正盛開著。弗蘭欽在那些漂亮的黃色花叢中跪下，但是格倫托拉德醫生再度呻吟著跑上階梯回到啤酒廠，接著，他跑過大門再跑進院子裡，再從院子裡往馬房跑。工人們向他打招呼：「您好，主席先生！您好，經理先生！」但是醫生繼續甩動著雙腳跑過果園，再一次跑到打開的大門且進入我們的廚房，再到房間裡，在那裡他跌坐到沙發上並大叫：「您在哪裡買的這個垃圾？請給我看！」接著他仔細地端詳附有噴霧器的臭氧吸入器，並嗅一下，說：「您這可惡的女人，您加了什麼油？那個什麼松樹在岩壁邊上沙沙作響？」他戴上夾鼻眼鏡，我遞給他那個小瓶子，當醫生讀完標籤，大聲怒吼：「您這可惡的女人，您忘記以一比十稀釋了！您燒壞了我的黏膜……哈啾！」格倫托拉德醫生打了個噴嚏，當他看到弗蘭欽伸出雙手跪著懇求：「您可以饒恕我嗎？」主席先生回答：「請起身，好男人，如果可能的話，我會很高興成爲這間啤酒廠的經理，而不是主席……」他看一下錶，然後向我伸出手，親吻了我的手背，說：「向您致意。」接著，他走了出去，再度出現在被陽光照耀的院子裡，一股碳酸與清潔劑以及尤加利的香味尾隨著他，他像貴族般輕快地跳上馬車的駕駛座，好像發生的所有一切只讓他更有力氣。而我現在看到了！現在，我相信我所聽到的那些故事，那些故事一定曾經發生過，只是在這當中只有那棵憂傷的柳樹，那棵遮蔽整棟房屋的柳樹被遺留下來。醫生在馬車的駕駛座上坐定，馬夫將韁繩遞給他，醫生點燃了在琥珀菸嘴上的香菸，將淺色軟呢帽簷壓至額頭部位。好像沒有其他男人能夠有這樣的姿態，那些韁繩也讓他顯得年輕許多，他看起來好像眞的剛從維也納駕著這輛馬車回來似的，他坐直身子，駕著他修剪過尾巴和鬃毛的種馬走出啤酒廠。同時，醫生的馬夫正在四輪馬車的後頭懶洋洋地靠著長毛絨座椅，並帶著某種內疚的微笑，那是因爲他永遠也無法瞭解爲何他的主人能夠如此熱情愉悅地駕馭著馬車，而身爲一個馬夫的他卻得內疚地坐在毛絨座椅後頭……而弗蘭欽此時正雙手緊抱著頭在房間裡來回踱步。

12

我瞥了一眼我的手錶，差不多是博賈．卻爾溫卡結束自己的小小回合的時間了。他應該已經買好價格優惠的蔬菜，並帶著如此愉悅的購物心情先在廣場旁斯沃博達先生的店逗留一下。在那裡他會先喝兩百毫升的苦艾酒，並買五百公克的匈牙利臘腸。接著再來到格蘭德飯店，他在那裡一定會點小份的燉牛肉以及三杯皮爾森啤酒。然後，為了讓自己的小小回合開始進入尾聲，他會在米科拉什卡先生的藥妝店停留一會兒，並為了繼續那友好的對話，他會再喝完三杯白蘭地。但是也有可能因為博賈的心情是如此地愉悅——因為他買蔬菜便宜了兩克朗——於是他繼續所謂的大回合，也就是再去納克尼日齊飯店喝一杯摻有牙買加萊姆酒的黑咖啡，接著再去婁伊斯．萬托赫公司經營的特別酒吧站著喝一杯小杯的櫻桃酒，把這當作是慶祝便宜買到煮湯用的花菜與蔬菜而有的愉悅心情，為大回合劃下句點。

當弗蘭欽帶著不安離開進入辦公室，我跛行走到玄關，拿出自行車，並騎往鎮上。我輕輕地用我白色且疼痛的腳踩著踏板，但是，每踩一下，卻好像使我的腳踝更有力氣。我將自行車靠在牆上，當我往理髮店裡偷偷看一眼時，博賈在旋轉椅上打瞌睡，我走進店裡，並在一張空的椅子上坐下。博賈一定是完成了一個大回合，因爲從他身上還可以聞到櫻桃核的味道，應該是在格里奧特公司的店完成這個回合的。「博賈，」我說。「什麼事？親愛的女士？」他站起來，並驚嚇到拿起剪刀開始咔嚓咔嚓作響。「我說，博賈，我想要剪頭髮。」博賈更恐慌了。「請問，您說什麼？」他開始結巴。「我說，博賈，我想要剪頭髮，剪得像約瑟芬．貝克一樣。」博賈用手稱一稱我頭髮的重量，翻了翻白眼，「這是從舊奧地利時期遺留下來的吧？好像有個印記刻寫著：我，安娜．茨希菈戈娃，出生於摩拉維亞的卡爾洛維采鎮？不可以！」博賈帶著鄙視丟掉剪刀，兩臂交叉於胸前並坐下來，很不高興地望著窗外。「我說，博賈先生，格倫托拉德醫生修剪了種馬的鬃毛和尾巴，並推薦我這個摩登的髮型來防止頭皮屑。」博賈繼續反對，「剪掉這些頭髮和領聖餐後再把聖餐吐掉一樣！」「我說，博賈，那我簽個承諾書給您……」「只好如此。」博賈說，並拿來寫字的用具，我在一張紙上寫了：如同在手術前，寫下我出於自由意志並在完全清醒的狀態下讓博賈．卻爾溫卡先生修剪我的頭髮。當博賈揮一揮這張承諾書，等上面的筆跡乾了之後，他小心翼翼地將它塞進文件包裡，並將剪髮圍巾展開綁在我下巴的下方。我低著頭，他拿起剪刀，遲疑了一下，如同當藝術家在馬戲團的圓頂上準備做某種危險的表演前也會先遲疑一會兒，一連串的擊鼓聲響起……博賈剪了兩下便剪下我如瀑布般的頭髮。我感覺如釋重負，因爲我整個頭埋在胸前，所以後頸背還感到涼涼的。博賈將剪下的頭髮放在旋轉椅上，接著拿起電推剪，修剪我髮尾的鬈鬚以及兩鬢的鬈髮，他的剪刀繼續咔嚓咔嚓作響。博賈往後退一步，並盯著我的頭髮看，如同一位正在創作的雕塑家，他的剪刀迅速、專注地繼續工作著。當我想要抬起頭來，悄悄地看一眼鏡中的自己，他會將我的下巴壓至鎖骨之間，並繼續工作。我看到他開始流汗，臉龐閃耀著並散發著牙買加萊姆酒、櫻桃酒以及白蘭地的香味，還有令人不太愉悅的啤酒氣味。接著他將刷子塗上肥皀泡沫，並認眞地注意著我的動靜，每當我試著想要看一眼自己，他便壓下我的頭，但是，我看到他的臉龐洋溢著快樂。如此興高采烈的笑容，這意味著某件事讓他感覺很好。接著他在我後頸背上塗肥皀泡沫，用剃刀刮除我脖子上的毛髮，然後他弄濕我的頭髮，用剃刀幫我修剪。而我突然間在嘴裡感到一陣苦味，我的心臟撲通撲通地跳著，現在已經太遲了，我的頭髮已經無法再接回去了，我好像看到弗蘭欽，晚上坐在辦公室裡用三號鋼筆在啤酒廠紀錄本上寫著，並在每個首字母的周圍刻畫出卷鬚，而我黃褐色的頭髮則以小豎琴的樣式移動著。我看到博賈．卻爾溫卡從我的頭髮上剪下弗蘭欽的手，剪下他那閃耀著紫光、充滿氛氣的梳子，因爲弗蘭欽再也無法在黑暗的房間裡幫我梳頭髮，並沉溺在我的頭髮裡。他在奧地利時期就愛上的頭髮，也是因爲這些頭髮才娶了我……我閉上眼睛，並將下巴壓至胸前，吞嚥了一會兒，博賈碰觸了我兩次，但是我沒有力氣抬起眼睛看鏡子。博賈溫柔地碰我的嘴唇並抬起我的下巴，接著他往後退一步，體貼地轉過身去……在旋轉椅上的鏡子裡，脖子以下是白色的床單，坐著一位俊美的年輕男子，但是臉上卻有著傲慢無禮的表情，接著我自己對著自己伸出了手。博賈解開我的長袍，我站起身，倚著大理石桌子，望著自己而感到震驚，因爲博賈剪出了我的靈魂。這個約瑟芬．貝克的髮型，這就是我，這就是我的樣貌，這裡的每一個人一定會立即發現我這個髮型有多麼地不同。博賈老早就已經將長袍上斷掉以及片段的頭髮拂去，好心地給我機會，讓我可以面對自己並習慣自己。我坐了下來，一直無法將目光離開自己。博賈拿來橢圓形的鏡子，並將它放在我的背後。我從眼前的鏡子裡看到自己的後頸背在一個橢圓形的鏡面裡，看到一個男孩模樣的脖子，這讓我變得年輕，好似回到女孩的時期，但是這並沒有讓我停止成爲一位女人，一位仍然能夠以自己的後頸背誘惑自己的女人，後頸背的髮尾被剪成愛心的形狀。這整個新的髮型實際上也讓人想起頭盔，那種用頭髮製成的帽子，如同馬爾廷公司在我們劇院裡演出的《浮士德》裡的梅菲斯特所擁有的一樣，因爲我這個髮型也可以直接被卸除，就像格倫托拉德醫生不久前從我的腳踝拆除掉的石膏繃帶一樣，我的髮型與我的頭緊密貼合，如同那個石膏繃帶緊緊包紮住我的腳踝一樣……我跳了起來，然而，我還是比較習慣頭髮的重量會將我的頭往後拉，因此我差點跌倒，並差點用前額敲破博賈的鏡子。我付了錢，並對博賈保證我將帶給他一箱淡啤酒來報答他。博賈笑著並搓著手，連他也受到自己的剪髮作品的鼓舞。「博賈，」我說，「這是您自己想出來的髮型嗎？」博賈翻閱刊登在理髮師雜誌裡的一系列摩登髮型，從爾伊德普蒂的瀏海，一直到約瑟芬　貝克的鮑伯頭……我走出來，彷彿一陣狂風吹向我的頭，雖然四周靜止無風。我跳上自行車，博賈跟著我後面跑出來，帶來一個紙袋給我，紙袋裡裝著我被剪下來的頭髮，他把紙袋放到我手裡，那些頭髮至少有兩公斤重，好像我買了兩公斤的鰻魚似的。我說：「博賈，請幫我把它放在後面的載物架，好嗎？」博賈拉起載物架的彈簧夾，將髮束放在那裡，而載物架的彈簧夾被他放開夾在紙袋上時，我也抓住我自己的頭……接著，我騎到主要幹道，望著人行道，我看到煙囪師傅德吉奧爾吉先生，但是他沒認出我來。我騎向火車站，盯著火車出發時刻表看，但是沒有人注意到我，人們都以為我是別人，即便自行車以及我的身體和在剪髮前是完全一樣的。我踩著自行車，回到主要幹道，格倫托拉德醫生的馬車停在斯沃博達先生的麵包店前面，醫生先生今天一直到下午才開始享用他的一大壺白咖啡和一籃麵包。每天早上這些食物都在這裡等待著他，直到他完成為小鎮上的孕婦和膽絞痛病人巡診回來。現在，醫生先生走出來了，馬夫從馬車駕駛座跳下來，他剛剛在那裡緊握著種馬的韁繩打瞌睡。格倫托拉德醫生看了我一眼，我向他鞠躬並微笑，但是醫生先生只是遲疑了一下，接著堅決地搖了搖頭，並坐上馬車的駕駛座駕車離開，同時，他的馬夫懶洋洋地躺臥在長毛絨座椅旁。我騎過廣場靠近黑死病紀念柱，所有人盯著我看，好像我是第一次來到這個小鎮似的……在卡特茲公司前面的主街上有一隻鬥牛犬在那裡睡覺，那是一間布料店和雜貨店，那裡站在一群穿著黑衣的女士們，她們的裙襬長度及地，美化協會的女主席應該是在那裡正為某位音樂作曲家做導覽，因為這位男士戴著一頂像是社會民主人士會戴的大黑帽。我有一次也穿著裙襬會揚起路面灰塵的長裙，和這些美化協會的人一起散步。我們站在聖伊爾伊大教堂裡緊閉的側門入口處，盯著地板看，那裡已經沒有任何東西，只剩下回憶，只有幾百年前瑞典人和撒克遜人屠殺了所有藏匿在教堂裡的鎮民所遺留下來的血垢。接著，我們站在唯一真正美麗且具有歷史價值的福爾特納大門旁，但是我們不看那扇大門，而是專心地在石橋拱頂下方尋找著。一九一三年馬戲團馴獸師克盧德斯基曾在那裡清洗大象，直到現在這些大象好像還在易北河裡打滾著，牠們那像水管般的象鼻還在往背部灑水，市立博物館的照片上正是這番景象。美化協會女主席克拉森絲卡女士在我們的小鎮上只看到那些我們肉眼看不到的事物，這都得歸功於她能使想像力復活的能力。現在，美化協會的女會員們帶著重要的訪客走過哈夫爾達酒吧前的拱廊，並滿懷情感地盯著那裡的水泥路面看，因為腓特烈大帝曾經在那裡休息過。接著是我們的小鎮最有價值的地方，克拉森絲卡女士挽著音樂作曲家來到廣場的中間，那裡的長椅上坐著兩位退休老人，他們的下巴還倚在枴杖上。女主席準確地描繪出文藝復興式的噴泉，那座噴泉在一八四〇年以前一直在那裡，接著就被拆除了。雖然每個人都可能會誤認，如同那兩位坐著的退休老人，誤以為美化協會的成員們在看著他們。當然不是！女主席用手指頭指著並比劃著，即使在退休老人的面前，她還是看到自己所描繪出的那些美麗裝飾。砂岩花環以及兩個半浮雕的小天使，曾經存在噴泉上，因此現在也仍然是我們小鎮的裝飾品。啊哈，克拉森絲卡女士喜歡所有已經不存在的事物，當我得知她的羅曼史時，我便愛上了她。三十年前她愛上了一位民族戲劇院的男高音，希茨先生，每次表演後她都站在劇院後方出口處，當男高音走出來丟菸蒂時，她會用別針戳起那個菸頭，並把它當作是一個很珍貴的遺物收藏在銀製的小匣子裡。她曾經是位裁縫師，她必須整天工作，才有錢買得起蘭花，而且必須整個星期工作，才能買得到包廂座位。她總是從包廂座位將那個需要整天工作才能買得到的蘭花丟擲到希茨先生的腳旁。當她已經第二十次丟擲這美麗的花朵時，她便去等待男高音，並向他獻殷勤，對他說，她愛他。但是，希茨先生說，他並不愛她，原因只是因爲他不喜歡她的長鼻子。於是，克拉森絲卡女士做了一整年的縫紉工作，用賺來的錢在布爾諾把那個長鼻子切斷，並且用自己手臂的肌肉縫補到鼻子軟骨處，醫師在那段時間幫她創造了一個非常美麗的希臘式小鼻子。於是，克拉森絲卡女士再度站在民族戲劇院的後方入口處，因爲她的美麗，所以她能夠與著名的男高音希茨先生說話。然而，男高音邀請她去夜間散步，並向她承認他已經花了近乎一整年的時間都在尋找一位有著顫抖長鼻子的美麗女子，他愛上了這個鼻子，而沒有了這個鼻子，他便無法繼續活下去。克拉森絲卡女士向他承認她就是那位有著長鼻子的女子，但是她爲了著名的男高音把那鼻子給切斷了，換來了現在看到的這個鼻子。希茨先生將手舉起，大叫：「您對那美麗的鼻子做了什麼！您怎麼能這麼做！」接著離她遠去……克拉森絲卡女士在文藝復興式的噴泉旁對我看了一眼，並將手舉起，大叫：「您對那美麗的頭髮做了什麼！您怎麼能這麼做！」她向我們小鎮的重要客人指著我。我懂了，我的頭髮是屬於小鎮古蹟的一部分。我踩下踏板，三位美化協會的女會員在納克尼日齊飯店前面借了自行車，並騎著衝出去跟在我後面。她們忌妒地用力踩著踏板，因此她們很輕易地便趕上了我，指著我說：「她剪了頭髮！」一些認出我的自行車騎士也憤怒地跟在我背後騎了過來，他們趕上了我，還在我面前吐口水。我在自行車騎士併排移動中騎著車，所有人都對我面露慍色且猛烈抨擊，但是，這卻給了我力量。我雙手交叉於胸前，放開把手騎著車，自己獨自騎進了啤酒廠，自行車騎士們以及他們立在雙腳之間的自行車已經停在啤酒廠的辦公室前面，辦公室上的標誌寫著：釀造啤酒的地方，就是令人感到快活的地方。此時，弗蘭欽跑出來了，跟在他背後的是三位美化協會的女會員，她們正用手直直地指著我。

「你的頭髮呢？」弗蘭欽說，他發抖的手指緊抓著三號鋼筆。

「在這裡啊。」我一邊說，同時把自行車靠牆擺好，打開自行車後座載物架的彈簧夾，把那兩條沉重的髮束遞給他。弗蘭欽把筆塞到耳後，並接過我的頭髮稱一稱重量，便把它擱在長椅上。接著，他從我自行車的卡座上取下打氣筒。

「我有好好地打氣了。」我說，並且很熟練地摸了摸輪胎。

但是，弗蘭欽接著旋開內裝在打氣筒裡的塑膠管。

「打氣筒也沒有問題。」我不解地說。

弗蘭欽突然往我撲過來，把我壓在他的膝蓋上，掀開我的裙子，接著鞭打我的屁股。我嚇了一跳，擔心我的底褲是否乾淨，是否是清洗過的？是否有好好地遮住屁股？弗蘭欽繼續鞭打我，自行車騎士們滿意地點點頭，三位美化協會的女會員們盯著我看，好像是她們預訂了這個令人滿意的結果。

弗蘭欽把我放回地上，我把裙襬拉下，弗蘭欽還是那麼英俊，他兩側的鼻翼鼓起並微微張開，好像他剛壓制了失控的馬兒似的。

「那麼，女孩啊，」他說，「讓我們開始新的生活吧。」

接著，他彎下腰從地上撿起他的三號鋼筆，把塑膠管裝回打氣筒裡，再把打氣筒放回自行車的卡座上。

我拿起那個打氣筒，展示給周圍的自行車騎士們看。說道：「這打氣筒是我在馬薩里克大街上的倫卡司商店買的。」

國家圖書館出版品預行編目（CIP）資料

河畔小城三部曲之一：剪掉辮子的女人 / 赫拉巴爾(Bohumil Hrabal)著；林蒔慧譯. -- 初版. -- 臺北市：大塊文化, 2017.04
面； 公分. -- (to ; 93)
譯自：Postřižiny
ISBN 978-986-213-780-2(平裝)

882.457　　106002505

LOCUS

LOCUS

L O C U S

LOCUS